Thomas A. Keck

Die Zeitflicker

Roman

Impressum

© 2016, Thomas A. Keck

Kirchgasse 22, 55239 Gau-Odernheim

tredition GmbH, Hamburg

ISBN
978-3-7345-4936-6 (Taschenbuch)
978-3-7345-4937-3 (Harcover)
978-3-7345-4938-0 (E-Book)

Wie Friedrich Friedlich bei einem Kongress ein Gebiss fand und was er damit machte

Auf der Tagesordnung standen die üblichen Themen, Frühjahrskollektionen, Sonderkollektionen, kurzfristige Trends und Marktanalysen, Nähte, Maschen, Zwickel und all das. Friedlich aber lag nicht viel am Zwickel. Für ihn war der Damenstrumpf an sich etwas Fremdes, Unheimliches. Er empfand es als künstlich, drei Tage lang über diese Sache zu debattieren und wäre der Veranstaltung am liebsten fern geblieben. Aber gerade das war auf keinen Fall möglich.

Wie hätte er in seinem Beruf je bestehen können, wenn er nicht über all die Jahre hinweg an den Sitzungen teilgenommen hätte? War Anwesenheit nicht das Mindeste, was man von ihm fordern konnte?

Indem er sich zu diesen öden Sitzungen begebe, bestätige er seine grundsätzliche Bereitschaft, sich mit den Erfordernissen seines Berufes zu beschäftigen, sich fortzubilden und stets auf den wenn auch unwahrscheinlichen Fall vorbereitet zu sein, dass irgendwann einmal völlig neue Entwicklungen den Markt veränderten. Dies war einer der anstrengendsten Gedanken, die Friedlich je gehabt hatte. Was hätte man denn von seiner professionellen Ernsthaftigkeit halten sollen, wenn eines Tages ein neues Material oder eine neue Form alles bisher Dagewesene mit einem Schlag verdrängt hätte und er der einzige wäre, der noch die alten Nylons und nichts als die im Koffer gehabt hätte?

Er war jedes Jahr zur Stelle gewesen, hatte keinen Vortrag verpasst, wäre jederzeit ansprechbar gewesen und hätte vielleicht sogar manche Idee entwickelt, wenn sich dazu nur eine Gelegenheit ergeben hätte. Und wenn es um andere Dinge gegangen wäre als eben um Strumpfmoden und Damenunterwäsche. Vor vielen Jahren hätte er sich wirklich fast einmal zu Wort gemeldet. Ein älterer Kollege hatte ein Referat zum Thema „Damenstrumpf und Männerherz" gehalten und dabei vor allem über sich geredet. Da verspürte Friedlich Lust, auch etwas aus seinem Leben zu erzählen. Von seinen Verhältnissen zu Frauen und vom Scheitern dieser Beziehungen. Leider war das Referat vorbei, bevor er für seine Wortmeldung mental ausreichend gerüstet war. Es kam ihm vor wie Absicht. Seine Betrachtungen hätten die Diskussion womöglich sehr befruchtet. Und sein eigenes Leben hätte endlich jene Wendung genommen, deren Herannahen er seit vierzig Jahren spürte.

Im Berufsalltag war er nicht besser oder schlechter als jeder andere. Seine Verkaufszahlen waren normal. Er gab sich sogar Mühe, Rekordverkäufe oder ähnliches zu vermeiden, so wie er in der Schulzeit die ungezügelten Wachstumsschübe des Pubertierenden vermieden hatte. Er war nicht zu groß, nicht zu klein, hatte weder zu viele noch zu wenig Pickel und keine allzu ausgeprägten Gesichtszüge. Seine Noten lagen im Mittelfeld, und genau dort spielte er manchmal, fast unbemerkt von seinen Mannschaftskameraden, Fußball im Verein seines Heimatstadtteils. Er hatte sich keine besonderen Unarten angewöhnt, sich aber auch nicht durch deren völliges Fehlen hervorgetan. Wenn er eine Gruppe von Rauchern sah, stellte er sich gerne dazu und paffte, so gut es ihm eben gelang - ohne sich deswegen gleich als Raucher zu begreifen. Das Ziel seiner Strategie war es, sich für den großen Moment in seinem Leben alle Möglichkeiten offen zu halten. So war er sich noch unsicher, ob er als Damenunterwäsche- oder Strumpfmodenvertreter auftreten sollte – ein Umstand, der ihn bislang daran gehindert hatte, eine eigene Visitenkarte zu führen.

Auch im privaten Umgang sah er die Voraussetzung für den Erfolg darin, sich nicht vorzeitig festzulegen. Boshafte Zungen mochten dies als mangelndes Interesse an anderen Menschen, an der Gesellschaft an und für sich ausdeuten können. Vermutlich zerriss man sich hintenherum das Maul. Doch das war ihm gleichgültig...

Gut, es war ihm nicht gleichgültig, aber was hätte er dagegen denn tun können? Er hatte seinen Platz im Großen und Ganzen, und den füllte er sozusagen maßstabsgetreu aus.

Während des Abschluss-Buffets setzte er seinen Ehrgeiz daran, von jeder dargebotenen Speise ein Kostpröbchen auf seinen Teller zu stapeln. Während sich die Kollegen gegenseitig durch unnütze Gespräche ablenkten, hatte er genügend Zeit, sich ganz auf sein inventarisch-kulinarisches Vorhaben zu konzentrieren. Er vertiefte sich gerade in den Bereich der Mehlspeisen, als ihm ganz unverhofft ein Gebiss auf den Teller geriet.

Dieser bizarre Fund kam ihm sehr ungelegen. Was macht man mit derartigen Dingen? Sollte er die Prothese an der Garderobe abgeben? Oder sich auf einen Tisch stellen und das Fundstück laut ausrufen? Das war nicht seine Art. Und so schob er das herrenlose Gebiss mit der Gabel vorsichtig wieder von seinem Teller herunter und ließ es in eine große Nudelschüssel gleiten. Dann versuchte er, einen recht gründlich kauenden Eindruck zu erwecken. Und bald hatte er die ganze Angelegenheit darüber vergessen. Doch kurze Zeit später tippte ihn jemand von hinten an.

Er möge entschuldigen, ob dies sein Gebiss sei. Ein steinalter Kollege, der sich als Amadeus Müller vorstellte, hielt ihm die fast verdrängten Zähne unter die Nase. Er habe das eben gefunden und sich gedacht, Mensch, das müsse wohl jemand im Eifer des Gefechtes verloren haben. Aufgrund seiner Beobachtungen sei es nicht unwahrscheinlich, dass dieser Jemand Friedlich sei.

Friedlich fühlte sich der überraschenden Gesprächssituation nicht gewachsen. Spontan fiel ihm nur ein, „nein, danke" zu sagen und sich schnell umzudrehen. Doch davon ließ sich Müller nicht abschrecken.

Er redete weiter auf Friedlich ein. Die Sache sei merkwürdig. Schließlich gehe es hier um ein menschliches Gebiss. Vielleicht stecke ein Verbrechen dahinter. Ob man wohl die Polizei rufen solle?

Nun wurde es also kriminalistisch! Friedlich spürte, dass dieser Müller gefährlich werden konnte. Falls er seinen Versuch beobachtet hatte, das Corpus Delicti verschwinden zu lassen, musste er ihn über kurz oder lang als Übeltäter entlarven. Bestimmt wollte er ihm einen Mord anhängen, in Tateinheit mit unsachgemäßer Entsorgung von Leichenzubehör. Was Friedlich nun brauchte, war ein vertrauenswürdiger Kongressteilnehmer, den er kannte, der ihn kannte und der ihm zuliebe bereit gewesen wäre, sich offen zu dem Gebiss zu bekennen. Klar, dass ihm da keiner einfiel.

Oh, da seien ja Zähne... also... seine Zähne. Er nahm das Gebiss an sich und stammelte irgendeinen Blödsinn, er habe es nicht gleich wiedererkannt, und er trage aus Vorsorge immer einen Satz Zweitzähne in der Sakkotasche. Das sei sehr umsichtig, befand Müller. Aber, um jeden Irrtum auszuschließen, solle er das Gebiss gleich einmal anprobieren. Ein widerlicher Vorschlag, zumal an den fremden Zähnen nicht nur Speisereste klebten, sondern auch Fussel. Aber vom Ekel abgesehen, hätte Friedlich seine aktuellen Zähne nicht so schnell herausnehmen können. Die meisten davon waren fest verwurzelt. Er erklärte, sein Haftkleber verhinderte einen schnellen Gebisswechsel, und verwies auf die charakteristische Form der Backenzähne, die jeden Zweifel ausschließe.

Ihm einen derart verklitterten Hirnmost vorzusetzen sei eine bodenlose Unverschämtheit. In Wahrheit nämlich sei er, Amadeus Müller, höchstselbst der wahre Besitzer des Gebisses. Er habe nur einmal sehen wollen, wie weit die Perfidie eines moralisch verkommenen Zwickelverächters eigentlich reiche. Die Gebisse seiner Mitmenschen einfach in den Nudelsalat zu werfen, heiße auch, die Verantwortung unter den Teppich zu kehren. Was sei er, Friedlich, nur für ein Mensch, dass er glaube, sich so billig davonstehlen zu können? Und wie sei es nur möglich, dass ihm die ganze Zeit über die Zahnlosigkeit seines Gesprächspartners nicht aufgefallen sei?!

In seinem Zorn verlor Müller alle Würde des Alters und begann, ein wenig asozial zu wirken. Inzwischen nahmen bereits alle anwesenden Damenstrumpfmodenvertreter Anteil an der Auseinandersetzung. Friedlich versuchte, sich der Peinlichkeit zu entziehen, indem er das fragliche Fundgut seinem Ankläger vorsichtig hinhielt. Doch Müller achtete gar nicht mehr auf seine Zähne und rief heftig spuckend, eine solche Abwesenheit von Charakter sei ihm noch nicht untergekommen. Wer einem armen Kollegen die eigenen Zähne vorenthalte, der sei noch zu ganz anderem fähig. Letztlich sei die ganze Strumpf-Branche in Gefahr, wenn sich eine solche Einstellung durchsetze. Nun war klar, dass Müller den Bogen der Angemessenheit weit überspannen würde. Schon trat ihm Schaum vor den Mund, und er fiel, konvulsivisch zuckend, in die Rindfleischpastete.

Wenige Minuten später hauchte er seinen letzten Atem aus. Die Meinungen zu diesem ungewöhnlichen Todesfall kristallisierten sich um die Warnung vor übermäßiger Aufregung und vor Rindfleischpastete. Ein rasch herbeigerufener Arzt konstatierte jedoch, der Mann sei keineswegs an der Pastete gestorben. Vielmehr scheine es, als habe seine Zahnlosigkeit ihn jäh verhungern lassen. Friedlich aber beschäftigte ein anderes Problem: Woher hatte dieser Müller von seiner Einstellung zum Zwickel gewusst?

Wie zwei sich unterhielten

Im ersten Park blieb er stehen. Da er wusste, dass sie wie üblich drei Meter hinter ihm herlief, wandte er sich zu ihr um. Sogleich drehte auch sie sich um und lief in die andere Richtung. Er verfolgte sie, bis er sie am Ärmel packen und anhalten konnte. Er stellte sie zur Rede. Weshalb sie einfach davonlaufe. Sie habe gedacht, er wolle nach Hause gehen. Sie solle aber nicht denken. Sie solle warten und zuhören. Und wenn sie schon unbedingt denken müsse, dann solle sie gefälligst nicht so einfach drauflos denken, sondern lieber mal ein bisschen mitdenken. Es sei doch offensichtlich gewesen, dass er sich nicht umgedreht habe, um nach Hause zu laufen. Sie habe doch sehen müssen, dass er mit ihr habe reden wollen. Nein, das sei an seinem Umdrehen überhaupt nicht zu erkennen gewesen. Wenn sie nicht immer fünf Meter hinter ihm her liefe wie eine Araberin, dann hätte er es gar nicht nötig gehabt, sich umzudrehen. Nun aber wollte sie wissen, was er ihr denn so Dringendes mitzuteilen habe. Er hatte es vergessen. Daran sei sie schuld. Sie gingen weiter.

Nach wenigen Minuten blieb er abermals stehen und wandte sich zu ihr um. Wieder kehrte auch sie sofort um und lief in die entgegengesetzte Richtung. Sie solle sofort anhalten. Sie blieb stehen. Er aber wollte, dass sie augenblicklich zu ihm zurückkomme. Ganz nah! Ob er nun spazieren wolle oder nicht. Falls er sich nicht entscheiden könne, zöge sie es vor, nach Hause zu gehen. Sie habe schließlich noch Wäsche in der Maschine. Sie solle weder hinter ihm her- noch einfach davonlaufen. Er habe sich nun wieder erinnert, was er vorhin habe sagen wollen. Ob dies nicht Zeit habe, bis man zuhause sei. Nein! Es war ihm anzumerken, dass er gerne einen starken Fluch gebraucht hätte. Sie gab nach. Also gut, dann solle er endlich frisch von der Leber weg erzählen, was er auf dem Herzen habe. Er zierte sich. Es sei jedes Mal dasselbe mit ihr. Sie werfe in ihren unbedachten Redensarten alle Organe durcheinander. Schließlich aber rückte er doch mit der Sprache heraus. Er wäre glücklich, wenn sie sich ihm so hingebungsvoll widme wie ihren unzähligen Krankheiten und ihrer ewigen Husterei. Er sei es leid, ständig von einem hustenden Etwas verfolgt zu werden.

In diesem Moment bekam sie einen Hustenanfall. Na bitte, er habe es ja gesagt. Das sei doch kein normales Gespräch. Ihr Anfall dauerte länger als gewöhnlich. Ein Polizist kam vorbei. Sie habe ja gerade vorgehabt, nach Hause zu gehen. Dann könne er seinen Spaziergang ungestört fortsetzen und die nackten Mädchen auf der Wiese anschauen. Daran wolle sie ihn keinesfalls hindern. All dies habe mit nackten Mädchen nicht das Geringste zu tun. Es sei außerdem Herbst. Zu dieser Jahreszeit trügen alle Mädchen im Park warme Kleidung. Er habe dafür großes Verständnis, selbst wenn er, wie er gerne zugebe, die Schönheiten junger Mädchenblüte mit Wohlgefallen betrachte. Er sei ja schließlich ein Mann. Aber das scheine sie in ihrer chronischen Verschleimung schon lange nicht mehr zu bemerken. Es sei an der Zeit, dass sie ihre täglichen Besuche bei allen Ärzten der Stadt einstelle und sich wieder mehr der Ehe widme. Es sei ja nicht so, dass ihr die körperlichen Mittel dazu fehlten. Beispielsweise könne sie genauso schnell laufen wie er. Er habe durch sorgfältige Beobachtung herausgefunden, dass sie imstande sei, ihn unter günstigen Umständen sogar zu überholen. Es hindere sie also nichts daran, wie eine normale Frau neben ihm zu gehen. Doch sie überlasse sich ganz hemmungslos ihrer Krankheit, ihrem Selbstmitleid und ihrer negativen Weltsicht, mit der sie allen und hauptsächlich ihm das Leben vergälle.

Er hatte sie damit beleidigt. Sie wolle, er hätte all ihre Krankheiten, ihren Husten und ihre dünnen Nerven, dann würde er nicht mehr so dummklug daherreden. Es entstand eine dramatische Pause. Ein Paar mit einem Kinderwagen ging vorbei. Er blickte sie nur kopfschüttelnd an. Dann ging er weiter und grübelte. Sie blieb drei Meter hinter ihm.

Wie Friedrich nach dem Kongress spazieren ging und weshalb ihn niemand begleitete

Unauffällig steckte Friedlich das fremde Gebiss ein, um weitere Zwischenfälle zu vermeiden. Den Veranstaltungsraum hatte man verlassen. Er stand nun am Rande eines allmählich zerbröckelnden Haufens von Vertretern auf dem Vorplatz und paffte. Mit Worten wie, die Zukunft sei textilfrei, oder zumindest vertreterfrei, und weder Straps noch Mieder seien eine Reise wert, verabschiedeten sich irgendwelche Kollegen von irgendwelchen anderen Kollegen, die Friedlich weder namentlich noch sonst irgendwie kannte. Was wohl daran lag, dass er sie nicht wirklich voneinander unterscheiden konnte. Gerne hätte auch er einen ähnlichen Spruch zum Anlass seines Verschwindens genommen. Aber selbst wenn ihm einer eingefallen wäre, er hatte einfach keinen direkten Ansprechpartner. So stand er noch ein gutes Stündchen herum, versuchte dabei auch die eine oder andere kommunikative Geste, die freilich stets ignoriert wurde, und verließ den Platz erst, als die beiden letzten Kollegen sich verabschiedet hatten. Einer von ihnen hatte ihm zu

guter Letzt sogar noch einen erstaunten Blick zuge-
worfen, der ihm jenen schalen Nachgeschmack bereitete,
dem er durch sein unbeirrtes Ausharren eigentlich hatte
entgehen wollen. Na ja, dachte er sich, man kann es
eben nicht jedem recht machen.

Nachdem nun alles vorüber war, beschloss er,
gewissermaßen zur Belohnung für die stoisch erduldeten
seelischen Strapazen einen außerplanmäßigen Spaziergang zu unternehmen. Das war die beste Methode, den
angebrochenen Sonntag zu nutzen. Er fuhr noch ein paar
Kilometer mit dem Vertreterauto aus der Stadt hinaus.
Eine kleine Zusatzinvestition, die sich lohnte, weil er so
weniger Gefahr lief, vielen anderen Spaziergängern zu
begegnen. Es ist nichts unangenehmer als die Begegnung mit Menschen, von denen man nicht weiß, ob man
sie grüßen muss. Tut man es nicht, entpuppen sie sich
als die besten Kunden, die einen mit ihren aus reiner
Gefälligkeit getätigten Hamsterkäufen manchen Monat
über Wasser gehalten hatten und nun zurecht unwirsch
reagierten, weil sie sich undankbar behandelt fühlten. So
etwas ist peinlich. Peinlicher ist es noch, wenn man die
Leute vorsorglich grüßt und dann mit Bestürzung erkennen muss, dass man sie nie zuvor im Leben gesehen

hat. Nichts ist erniedrigender als der tödlich herablassende Blick eines Menschen, der sich zu Unrecht gegrüßt fühlt. In Bruchteilen einer Sekunde kann einen ein solcher Blick von der Straße des gesellschaftlichen Einvernehmens reißen und an den Pranger schlagen. Wer einmal einen solchen Blick ertragen musste, kann die Sorgfalt begreifen, mit der Friedlich ihm aus dem Wege ging.

Vor anderen Menschen bereitete ihm schon sein Name eine gewisse Schwellenangst. Was hatten sich seine Eltern nur dabei gedacht, ihn Friedrich zu nennen und so den eigentlich recht hübschen Nachnamen Friedlich zum schier unüberwindlichen Hindernis zu machen? Wie schwer wurde es ihm in seiner Jugend, wenn ihn jemand nach seiner Identität befragte! Namentlich an die Einschulung hatte er üble Erinnerungen. Schon als die Lehrerin begann, ihre neuen Schüler nach den Namen zu fragen, hatte Friedlich Schweißausbrüche bekommen. Er war bis dahin nur von seiner Mutter und deren Herrenbekanntschaften mit dieser Frage gehänselt worden. Im privaten Kreise kannte man sein Problem und erwartete nichts anderes, als sich auf seine Kosten lustig zu machen. Diese ernsthafte Frau aber wollte ohne alle

Hintergedanken eine klare und verständliche Antwort auf ihre Frage. Die anderen Kinder hatten schöne Namen wie Müller, Gabi, Ilsemann, Kevin, Blume, Manuela oder Schmidt, Thomas (Schmidt mit de te? - Hä?!). Schließlich kam die Lehrerin zu ihm: Na, und wie er denn heiße?! Frieri ... Frieri ... Er solle langsam sprechen, sonst verstehe sie ihn nicht. - Frieli ... Frieri ... Die anderen Kinder lachten schon und zeigten mit Fingern auf ihn. Er sei ein Armer, und sie sollten doch nicht gemein zu ihm sein. Wenn jemand nicht richtig sprechen könne, dürfe man ihn deswegen nicht auslachen! Jedenfalls nicht sofort. So, und jetzt solle er es noch einmal richtig versuchen. Frie ... Fried-Rlich ... F-f-ried-rl-rl-nich! – Nun solle er doch bitte einmal aufhören zu stottern, das sei in der Tat unerträglich. Nochmal! A-aber so heiße er doch! Und da musste Friedlich heulen, und natürlich lachten jetzt erst recht alle. Die Lehrerin erzählte etwas von Sprechunterricht und Sonderschule, und weil sie am selben Tag noch mit seiner Mutter sprach, bekam er eine Woche lang nichts zu trinken und nur ganz wenig zu essen. In der Klasse aber war er von Anfang an der Doofkopf.

Während er einen schönen Platz für den Anfang seines Spaziergangs suchte, wunderte er sich, diese Gegend noch nie systematisch erkundet zu haben. Tatsächlich fuhr er solange durch verschiedene Dörfer, an Feldern und Wäldern vorbei, weil ihm kein Ort der wirklich passende schien, dass er schließlich über die Art seines Unternehmens in Zweifel geriet. Ruckzuck gedeihe sich so etwas zu einer regelrechten Rundfahrt aus, und wenn er jetzt nicht loslaufe, sei die Gelegenheit vertagt, und die Nacht breche aus. Er bekam Torschlusspanik. In der nächstbesten Kurve hielt er an und stieg aus.

Es war an einer recht sympathischen Rastbank, die unter einem großen Baum wie für ihn bereitstand. Dahinter versteckte sich eine kleine Kapelle, aus der das steinerne Abbild eines Heiligen herausspähte. Er nahm jedenfalls an, dass die Figur einen Heiligen darstellte, denn wer sonst sollte hier in schlafhemddartiger Gewandung verewigt worden sein? Wohl kaum ein Showmeister aus dem Fernsehen! Hinter der Kapelle führte ein Weg steil in einen Abgrund. Es gab nirgends eine dauerhaft und eindeutig gekennzeichnete Parkfläche. Unter normalen Umständen hätte er diesen Platz nicht einmal zur

Notdurftbefriedigung gewählt. Doch jetzt galt es, rasch zu handeln. Außerdem musste er wirklich sehr dringend Wasser lassen.

Er packte seinen Vertreterkoffer in den Kofferraum und suchte nach einer geeigneten Stelle, um sich zu erleichtern. Bei dem freundlichen Heiligen in der kleinen Kapelle fand er sie. Ein wenig fühlte er sich zwar beobachtet, aber was konnte der fromme Herr schon dagegen haben? Im Zweifelsfall hatte Gott selbst dem Menschen die Nieren gegeben. Um ganz sicher zu gehen, grüßte Friedlich höflich, bat formell um Einlass und fragte, ob er kurz die Toilette benutzen dürfe. Vor der Figur stand eine Blumenvase mit einigen frischen Rosen. Friedlich fühlte sich in seiner Treffsicherheit herausgefordert. Ohne Schwierigkeiten füllte er die Vase randvoll an. Dabei nutzte er die Möglichkeit zur geselligen Konversation.

Er erzählte ein wenig über sich, über seine Ansichten zur wirtschaftlichen und politischen Entwicklung des Landes und zu einigen moralisch-religiösen Fragen. Es kam zwar, wie gewohnt, keine Antwort, aber wenigstens schaute ihn die Statue auch nicht missbilligend an.

Friedlich schätzte die würdevolle Neutralität, welche die Physiognomie von Heiligenbildern selbst ihm gegenüber stets ausstrahlte. Er unterhielt sich gerne mit Heiligen, eigentlich am allerliebsten.

Der Weg hinter der Kapelle führte zu einem Dorf, das gleich am Fuße des steilen Abhangs anfing, oder besser gesagt endete, denn eine Landstraße mag für eine dörfliche Bebauung wohl das Ende, niemals aber den Anfang darstellen: Wer sich dahinter ansiedelt, grenzt sich ab. Auf der anderen Seite der Landstraße, der Kapelle gegenüber, fand Friedlich in stiller Bestätigung dieser Theorie kein einziges Haus.

Fröhlich stieg er hinunter und schritt die Dorfgasse entlang. Er erreichte rasch das Ende des Dorfes beziehungsweise dessen anderen Anfang. Hier endete ein lichtes Wäldchen, das für ihn nun beginnen sollte. Er beglückwünschte sich zu seiner Entscheidung, in die Schönheit der Natur eingetaucht zu sein, und das an so vorteilhafter Stelle. Schließlich arbeitete er ja auch deshalb im Außendienst, um an der frischen Luft zu sein. Und die Luft, die aus dem Wäldchen strömte, war frischer als frisch. Warum ihm ausgerechnet das Wort „naturfrisch" einfallen musste, war kaum zu erklären. Die Verwandtschaft dieses Wortes zu „Naturfaser" trübte seine Stimmung. Er beschloss, seinen Regenschirm aus dem Wagen zu holen. Irgend etwas lag in der Luft!

An der Aussprache seines Namens hatte Friedlich hart gearbeitet. In dieser Beziehung war er eine Zeitlang ziemlich ehrgeizig gewesen. Als er die Schule verließ und zur Armee einberufen wurde, konnte er dem Musterungsarzt ohne Zögern seinen Namen nennen: Friedlich, Friedrich! Ein ironisches Zucken umspielte die Mundwinkel des Mannes. Friedlich war erschüttert. So schön hatte er seinen Namen noch nie ausgesprochen. Aber es gelang ihm, diese Leistung sogar zu verbessern: Sein Name sei Friedlich, Friedrich, gestern, heute und morgen. Das war perfekt. Und doch: Da war es wieder, dieses hämische Grinsen. Der Arzt stand auf und holte einen Kollegen. Also, jetzt solle er doch noch einmal sagen, wie er heiße! Er, also, er heiße F-frie-friedlich, Friedrich.

Als sie den Namen hörten, prusteten sie los: Mit dem Namen wolle er ernsthaft zum Militär? Er war überrascht, dem Militär gegebenenfalls auch ohne seinen Namen beitreten zu können. Als er die Herren fragte, ob er denn namenlos Soldat werden könne oder einen neuen Namen, eine Art Decknamen vielleicht, zugewiesen bekomme, schauten sie ihn in einer jähen Aufwallung von Besorgnis und Bestürzung an. Sie erklärten ihm, die Frage sei, ob er überhaupt das Soldatenleben erwählen wolle. Er hatte sich diese Frage nie gestellt, und sie schien ihm auch gar nicht normal. Hätte er etwa verweigern sollen? Schon das Wort war ihm unangenehm. Und was hätte seine Mutter dazu gesagt?

Wie einer nicht mehr weiterwollte

Im zweiten Park blieb er plötzlich stehen. Sie schob den Kinderwagen um ihn herum und lief weiter. Als sie am nächsten Tag zur selben Stelle kam, stand er noch immer da. Sie fuhr den Kinderwagen an ihn heran und drückte ihm den Bügel fest in die Hand. Er solle auch mal ein bisschen schieben. Sie lief weiter. Er blieb stehen. Am folgenden Tag stand er noch immer da. Der Kinderwagen war verschwunden. Abseits auf einer Parkbank lag das Kind und schrie. Sie setzte sich daneben.

Den ganzen Tag über liefen Leute vorbei. Ein alter Mann beschwerte sich über mangelnden Platz auf der Bank. Es sei seine Bank, er sei an sie gewöhnt, und nun liege das Kind da. Warum denn die Mutter es dort herumliegen lasse. Ob sie denn keinen Kinderwagen habe. Als sie nicht antwortete, schob er das Kind zur Seite. Er schimpfte über ihr heftiges Gehuste, saß aber seine Zeit bis zum Ende ab. Gegen Abend ging er wieder, und die Verliebten kamen in den Park. Ein Paar setzte sich neben sie und küsste sich. Als es dunkel wurde, setzte sich die junge Frau auf den Schoß des Mannes. Das Kind schrie noch ein wenig. Zwei Polizisten kamen und befragten sie nach ihren Personalien. Er ging nach Hause. Sie nahm das Kind und folgte ihm.

Wie Friedrich noch einmal mit dem Spaziergang begann und weshalb er ihn gleich wieder unterbrechen musste

Der Rückweg zum Wagen schien ihm doppelt so lang wie der Hinweg bis zum Wort „Naturfaser". Er nahm seinen Schirm aus dem Kofferraum und begann erneut mit dem Spaziergang. Bald erreichte er zum zweiten Mal das lichte Wäldchen, das nun nicht mehr ganz so licht auf ihn wirkte. Er zögerte.

Schon in frühester Jugend hatte seine Mutter ihn dazu angehalten, dunkle Ecken und obskure Orte aufzusuchen. An die Düsternisse des Lebens solle er sich gewöhnen und seine Augen mit der Schattenseite des Daseins vertraut machen, auf der er zwangsläufig enden müsse. Es war eine ihrer Macken, und er hatte sie bis heute nicht in Frage gestellt. Trotz seines Hangs zur Übersichtlichkeit, Klarheit und Sauberkeit hatte er sich oft in unbeleuchteten Gassen, unter Brücken und in Kellern herumgetrieben. Und tatsächlich hatte dies einen Teil seines Charakters gebildet. Doch welchen besonderen Grund mochte es für das Betreten eines düsteren, kleinen Waldes geben? Er ärgerte sich über sein Zaudern. Im Ausland wären seine Bedenken sicher berechtigt gewesen. Vor einem braven deutschen Wald aber musste niemand zurückschrecken. Das mütterliche Gebot ermunterte ja ausdrücklich zur Benutzung der heimatlichen Wälder. Darin bestand vermutlich sein verborgener Sinn. Friedlich wunderte sich, dies nicht früher erkannt zu haben.

Im Innern war der Wald weitaus dichter, als er angenommen hatte. Schon nach wenigen Schritten verlor er den Überblick, stolperte über eine Wurzel und fiel auf die Nase. Kleine, helle Lichter tanzten einen Augenblick lang vor seinen Augen, und er meinte, entfernt sogar eine musikalische Begleitung zu vernehmen. Doch sowie er sich aufrichtete, war der Spuk vorbei. Fast war ihm dabei, als stünde er gar nicht von selbst auf, sondern würde hochgezogen. Eine kurze Schadenskontrolle ergab geringfügige Beschädigungen seines Anzuges. Er beschloss, trotz des Zwischenfalls seinen Spaziergang fortzusetzen. Als er seinen Schirm aufheben wollte, fand er stattdessen nur den Vertreterkoffer. Er war überrascht. An eine Verwandlung glaubte er nicht. So blieb nur eine Erklärung: Er hatte aus beruflicher Gewohnheit heraus wohl das falsche Utensil aus dem Kofferraum genommen. Sollte er die Gelegenheit nutzen, um die Bewohner des Dorfes mit den Segnungen seiner Musterkollektion vertraut zu machen? Der Sonntag-Nachmittag war dafür gewiss nicht unpassend, doch die Aussicht auf neuerliche sprachliche Betätigung schien ihm wenig verlockend. Ebenso wenig verspürte er Neigung, noch einmal umzukehren. Sollte er also den Koffer für die Dauer des Spazierganges im Unterholz deponieren? Diese erneute Sorglosigkeit mochte sich Friedlich nicht leisten. Es blieb nur eine Lösung: Er musste die Zähne zusammenbeißen und mit dem Koffer in der Hand weiter spazieren. Der Erholungswert seines Spazierganges wurde dadurch zwar beeinträchtigt, aber damit musste er leben! Entschlossen pumpte er seine Lungen bis zum Anschlag mit frischer Waldluft voll. Er musste husten.

Die Militärzeit wurde für Friedlich wider Erwarten die schönste Zeit seines Lebens. Obgleich die Kameraden nicht müde wurden, ihn mit seinem Namen zu hänseln. Sie nannten ihn den friedrichen Friedlich. Aber wenn es auch nicht so gemeint war, so hatte es doch etwas Liebevolles. Friedlich gefiel sich als Soldat. In Uniform sah er richtig gut aus. Seine weichlichen Züge erschienen härter, seine schmächtige Figur wirkte beinahe stattlich. Selbst seine Mutter schien ihn irgendwie zu respektieren. Er lernte, wie man sich anständig besäuft und wo die schönsten Bordelle Deutschlands zu finden sind. Allerdings ging er nie in so ein Haus hinein. Bis zu jenem Tag, als er zu einem eher inoffiziellen Stoßtrupp nach Hamburg abkommandiert wurde. Man marschierte mitten ins Rotlichtviertel, und dann hieß es: Ausschwärmen! Am Anfang wusste er gar nicht, worum es ging. Doch bald lief er immer begeisterter an den vielen Straßenmädchen vorbei, durch alle Bars und Bordelle. So etwas hatte er nicht erwartet: Diese weltoffenen Frauen trugen die allerungewöhnlichste Unterwäsche, die er jemals gesehen hatte. Eine war prächtiger als die andere. Alles glänzte und glitzerte in den herrlichsten Farben. Viele Damen waren in schwarze und rote Spitze gekleidet, manche trugen elegante Kombinationen aus Samt oder Leder, andere stellten sich mit auffällig schillernden Kostümen zur Schau, die mit Federn geschmückt oder mit bunten Pailletten besetzt waren, wieder andere waren in allerlei Schleier und Tücher gehüllt, trugen netzartige Stümpfe und bunte Bänder mit phantastischen Rüschen. Überall schimmerten die kostbarsten Stoffe aus lauter

Gold und Silber. Prunkvolle Ketten und Ringe hingen aus vielerlei Körperöffnungen und selbst dort, wo von der Natur gar keine Öffnung vorgesehen war. Alles war so festlich, so liebevoll geschmückt und einladend. Und nirgends gab es eine der hässlichen grau-braunen Zwickel-Strumpfhosen, wie er sie von zuhause kannte. Damals fasste er den Entschluss, sich beruflich näher mit Damenunterwäsche zu befassen.

Er fühlte sich durch den Koffer in zunehmender Weise in seiner Bewegungsfreiheit eingeschränkt. Doch er war Vertreter! Der Koffer gehörte ja zu ihm. Sollte ihm jemand begegnen, so wüsste dieser doch gleich, mit wem er es tun hatte, welche Beflissenheit jenen beseelte, der da mit seinem Dienstkoffer durch die Natur eilte, als hätte er im tiefsten Unterholz noch einen Kunden.

Gerade hatte er diese Überlegung halbwegs ausgekostet, als ihm vom Ausgang des Wäldchens her zwei Schemen entgegenkamen. Ein starkes Gefühl von Peinlichkeit übermannte ihn. Sollte er grüßen? Oder so tun, als nähme er in professionellem Eifer niemanden wahr? Sicher wäre eine solche Attitüde unglaubwürdig gewesen. Aber was war die Alternative? Schon waren sie in Blickkontaktweite! Friedlich erkannte ein etwa zehnjähriges Mädchen - zu jung für seine Strümpfe - und einen alten Mann im Jogging-Anzug, der wohl seinerseits kein Interesse an hochwertiger Damenunterwäsche hatte. Mit kraftvoll nach oben gespannten Mundwinkeln und einem angedeuteten Nicken stellte sich Friedlich der Gefahr. Das Mädchen sah ängstlich zu ihrem Begleiter und dieser, obgleich beinahe kleinwüchsig, mit einer brutalen Mischung aus Irritation und Verachtung auf Friedlich herab. Beide schienen von Friedlichs unlauterem Charakter überzeugt zu sein.

Er fühlte sich unwohl, so, als wollten ihm die scheinbar unbedarften Wanderer im nächsten Augenblick in den Rücken fallen, seinen Anzug zerfetzen, sein Hemd, seine Haut, seine Rippen durchstoßen und sein Innerstes nach außen stülpen. Er zog den Nacken ein und ging schnell weiter. Bald erreichte er den Ausgang des Wäldchens, der ja doch wieder nur ein weiterer Eingang war. Nun erst wagte er, sich umzudrehen. Und da stand schwer atmend der Jogging-Anzug-Mann. Friedlich erschrak so heftig, dass ihm das Kongress-Gebiss aus der Tasche flog.

Ob dies sein Regenschirm sei. Friedlich sank in sich zusammen. Einen Moment lang wusste er nicht, wie ihm geschah, was er denken was nicht denken, sagen oder besser nicht sagen sollte. Nein, das war bestimmt nicht sein Schirm. Den hatte er doch im Auto gelassen. Er sah allerdings ähnlich aus. Trotz seiner schlechten Erfahrungen, bekannte sich Friedlich auch diesmal zu dem Fundgegenstand.

Oh, sein Schirm ... sei das ja hier. Er habe da wohl seinen Schirm ... Regenschirm quasi gesehen ... gefunden. Und ... bringe ihm seinen Schirm als guten Schutz vor Wind und Wetter, die, wie sich zeige, unberechenbar seien. Er sei wahrlich ein ... guter Opa ... Mann. Ja, wo ... wo habe der denn gelegen? Also, er bedanke sich nochmals vielmals.

Der Alte blickte Friedlich wortlos und misstrauisch an, dann joggte er zurück in den Wald. Friedlich schaute auf den Schirm. Es konnte unmöglich seiner sein. Dieser seinem Schirm sehr ähnliche Schirm war in höchstem Maße verschmutzt. Aber er traute dem Wetter nicht. Da war ein verdreckter Fremdschirm doch besser als keiner.

Wie einer auf der Strecke blieb

Im dritten Park brach er zusammen. Sie blieb stehen und hustete. Er lag auf den Knien und schnappte nach Luft. Sie setzte sich auf eine Bank und wartete. Nach einer Weile versuchte er, wieder aufzustehen. Ein Fahrrad fuhr klingelnd um ihn herum.

Dann kam die Polizei, drei berittene Beamte. Zuerst sahen sie ihn nicht. Bis eines der Pferde scheute. Sie verlangten seinen Ausweis. Er zeigte auf sie. Sie holte den Ausweis aus ihrer Tasche und gab ihn den Beamten. Warum er auf dem Wege liege. Er ruhe sich aus. Er möge sich dazu ordnungsgemäß auf eine der dafür vorgesehenen Ruhebänke setzen.

Er schaffte es, auf die Füße zu kommen. Da man ihnen zusah, half sie ihm bis zur Bank und setzte ihn neben sich. Sie bat die Beamten, ihre Tochter zu verständigen. Doch ihr fehlte die Adresse. Es war bewölkt. Die Beamten verzichteten auf weitere Ermittlungen. Der Park schließe um zwanzig Uhr. Bis dahin gestatteten sie den Aufenthalt. Bevor sie davon ritten, wünschten sie einen angenehmen Abend. Er bedankte sich. Sie hustete.

Als sie alleine waren, suchte sie in ihrer Handtasche nach der Adresse ihrer Tochter. Sie fragte ihn danach. Er antwortete nicht. Ein Hund namens Fiffi pinkelte an sein Hosenbein. Sie sagte, sie habe vermutlich Krebs. Ein Tumor in ihrem Darm. Sie müsse operiert werden. Bald! Er habe dafür kein Geld mehr. Sie habe sich doch schon beide Brüste abnehmen lassen. Ihr Leben hänge davon ab. Sie hänge nicht genug am Leben. Sonst bekäme sie keinen Krebs. Er könne ihr nicht helfen.

Es begann zu regnen. Er spannte seinen Regenschirm auf. Sie hustete. Eine junge Frau mit zwei Implantaten kam vorbei. Als sie das Husten hörte, schaute sie das alte Paar an, als wolle sie etwas sagen. Dann ging sie weiter. Es wurde spät. Als es Viertel vor acht war, stand sie auf und ging. Er blieb sitzen. Sie vergaß die Stelle, wo er gesessen hatte.

Wie Friedrich beim Spazierengehen nachdachte und was ihm dabei so in den Sinn kam

Während des Gehens dachte Friedlich über sein Leben nach. So richtig zufrieden war er damit nicht. Da waren zum Beispiel seine Nachbarn. Er hatte mit diesen Leuten noch kein Wort gewechselt, und doch wusste er, dass irgendetwas mit denen nicht stimmte. Oft klopften mitten in der Nacht Frauen an seine Tür, heulten und schrien um Hilfe. Natürlich machte er nie auf. Zuweilen feierten sie ausschweifende Feste, knallten mit den Sektkorken, schlachteten seltsame Tiere auf dem Hausflur und beschmierten die Wände mit dem Blut. Trotzdem hatte er nie etwas gegen sie unternommen. Als eines Tages ein Mann mit einem Strumpf aus Friedlichs Sortiment erdrosselt wurde, da hätte er der Polizei wichtige Hinweise liefern können. Doch es schien ihm besser zu schweigen, nicht aus Rücksicht auf sich selbst, sondern um nicht noch mehr Unfrieden zu stiften. Er dachte, die meisten Untaten seien erträglicher, wenn man sie gar nicht erst aufdecke.

Ihm war klar, dass er sich mit dieser Ansicht am Rande des Meinungsspektrums bewegte. Als Politiker hätte er es nicht weit gebracht. Dabei wäre er gerne Politiker geworden. Schon in der Schule träumte er davon, am Rednerpult zu stehen und elegant ausgefeilte Reden zu halten. Tatsächlich hatte er nur auf seine politische Karriere verzichtet, weil ihm die mangelnde Popularität seiner avancierten Ansichten bewusst war. Und weil ihm seine Mutter die Teilnahme an politischen Versammlungen verboten hatte. Selbst von sehr konservativen Stammtischen zog sie den Jüngling weg. Und wenn sie ihn doch einmal beim Ausarbeiten einer Rede erwischte, nahm sie ihren schweren Teppichklopfer und schlug ihm damit dreimal wuchtig auf den Kopf, so dass der junge Mann beinahe erblindet wäre. Dabei rief sie stets die Worte:

„Bist du blöd, oder was!?"

Friedlich hatte dieses ordinäre „oder was" gehasst. Überhaupt fand er, seine Mutter war eine höchst ordinäre Person, die er insgesamt gehasst hätte, wäre sie nicht seine Mutter gewesen.

Heute, mit fast 49 Jahren, war Friedlich trotz allem noch immer an Politik interessiert. In erster Linie beschäftigte ihn aber seine Blase. Sie war so schwach, dass er im Laufe der Jahre ihr Sklave geworden war. Auch jetzt verspürte er den Harndrang. Gerne hätte er wieder die kleine Kapelle aufgesucht. Oder eine andere geschlossene Toilette. Sicher wurde er noch von dem Jogger und dem Mädchen beobachtet. Egal! Irgendwo musste er sein Wasser abschlagen! Einem uralten Markierungsinstinkt folgend bevorzugte er dazu in prägnanter Weise aus der Landschaft emporragende Gebilde. Mauern, Bäume, Büsche oder Litfaßsäulen waren geeignet. Nicht jedoch niedere Gräser oder höhere Gebirge.

Er gelangte an eine Hecke. Sie stand in der Landschaft wie eine Aufforderung, der Friedlich sogleich mit Entschlossenheit nachkam. Vor neugierigen Blicken fühlte er sich hier geschützt. In der Hecke bemerkte er ein kleines Nest mit drei bunten Vogeleiern, die er sogleich anvisierte.

Die Wärme werde ihnen wohl ersprießlich sein und ihr Wachstum beflügeln! Sein Handeln sei moralisch durchaus gerechtfertigt. Er war stolz auf diesen schönen

Gedanken. Doch die Praxis entpuppte sich als krasser Gegensatz zu seiner Spekulation. Mit seinem harten Strahl zerstörte er das fragile Geflecht des Nestes. Die Eier zerschellten auf der Erde. Friedlich war betroffen. Beim Weitergehen machte er sich schwere Vorwürfe. Um sich abzulenken, zählte er im Stillen seine Damenbekanntschaften. Er kam auf drei. Häufig fragte er sich, ob die Frauen in ihm nur den Wäsche-Vertreter sahen oder manchmal auch den Mann? Er hatte in dieser Hinsicht einmal seine Mutter konsultiert. Doch deren Antwort war lediglich schmerzhaft.

In der letzten Zeit hatte er bei sich eine Veränderung gespürt, ein leichtes Anwachsen von Selbstvertrauen. In den nächsten Wochen, wenn er die Geschäfte wieder aufgenommen hätte, würde er richtig loslegen. Er sollte nicht umsonst einer geworden sein, der beruflich in die intimsten Bereiche der Frauen vordrang. Das nahm er sich nun vor, und er überlegte sich eine Strategie. Zunächst filterte er seine Kundinnen nach möglichen Kandidatinnen für erotische Übergriffe aus.

Nein! Keine Übergriffe! Das würde die meisten Frauen nur verunsichern. Prinzipiell wusste er ja schon, wie die Sache funktionierte: Er musste sachte mit der einen oder anderen Kundin ins Gespräch kommen und langsam eine persönliche Bindung aufbauen, um schließlich zu einer zwischenmenschlichen Begegnung auf der ganzen Bandbreite des hormonellen Spektrums zu gelangen. Wäre dieses Ziel erreicht, dann hätte er auch bald einen bescheidenen Freundeskreis, wo er sich langsam entfalten und - wer weiß - am Ende doch noch politisch aktiv werden konnte. Über den Sex in die Politik - da wäre er nicht der erste. Und wenn es erst soweit wäre, könnte seine Mutter auch nichts mehr sagen. Vermutlich wäre sie bis dahin sowieso unter der Erde.

Dies waren Friedlichs Gedanken, als er am Ende des Feldweges zu einer Treppe gelangte, an deren unterem Ende ein kleiner Bachlauf vorbei plätscherte. Während er die Treppe hinab schritt, fiel ihm das Wort „stufenförmig" ein. Er verband damit nichts Gutes! Es war das Lieblingswort seiner Mutter gewesen, wenn sie ihn zum Friseur schickte: Stufenförmig sollte es sein! Und nie, wenn er zurückkam, nie war es stufenförmig genug. Dabei richtete er der Friseuse stets brav Mutters Anweisung aus, musste sich aber selbstverständlich auf deren berufliches Begriffsvermögen verlassen. Selbst hatte er nämlich keine Ahnung, was es mit der Stufenform der Haare auf sich hatte. Er hatte den Verdacht, dass die Stufenform nur für Knabenhaare vorgesehen war. Welche Terminologie wohl die klassischen Mädchenfrisuren beschrieb? Glockenförmig? Sturmhelmhaft? Drahtgeflechtartig? Bretzelmäßig? Es war dieses Rätsel, das ihn zum ersten Mal veranlasste, überhaupt über Mädchen nachzudenken. Er gelangte hierbei ebenso wenig zu einem Ergebnis wie bei der Bestimmung des Stufenförmigen. Denn stets, wenn er mit frisch gestuften Haaren nach Hause kam, donnerten die drei Schläge auf seinen Kopf. Das unvermeidliche „Bist du blöd, oder was?!" folgte. Die Mutter erkannte nicht einmal den Versuch der Stufenförmigkeit an. Nicht selten schickte sie ihn zurück in den Frisiersalon, wo er die Stufenform einklagen musste. Verdächtig war es schon, dass sich die Friseuse stets bereit fand, noch einmal nachzustufen. Hatte sie wirklich etwas falsch gemacht? Dann aber war es doch merkwürdig, dass sie über Jahre hinweg denselben Fehler immer wieder beging. Friedlich vermutete schließlich zwischen der Mutter und der Friseuse eine geheime Absprache, der er sich beugte, sogar noch, nachdem die Mutter den inzwischen Zwanzigjährigen einmal selbst zum Friseursalon zurückbegleitet hatte, um ihrer Empörung persönlich Nachdruck zu verleihen.

Wieso man dem Jungen die Haare denn nicht stufenförmig schneiden könne? Ob er das etwa nicht ausgerichtet habe, oder was?! Stufenförmig, das sei doch nicht so schwer zu verstehen, oder was?!

Die Friseuse war auf diese Begegnung seit Jahren gut vorbereitet. Triumphierend erklärte sie, sie habe alle Stufenformen dieser Welt an Friedlichs Kopf ausprobiert: Kleine, steile und große, breite Stufen, normale Haustreppenstufen, Kirchentreppenstufen, Prunktreppenstufen und sogar Wendeltreppenstufen. Sie habe die Treppenstufen der Würzburger Residenz, des Vatikans und der Moskauer U-Bahn studiert. Doch die Stufenform, die Friedlichs Mutter vorschwebe, sei in Gottes heiligem Stufenplan gewiss nicht vorgesehen. Dies war die entscheidende Schlacht im Krieg um die Stufenförmig-keit. Von diesem Tage an fühlte sich Friedlich für die un-perfekte Stufenform seiner Haare nicht mehr verantwortlich. Erst als die Friseuse starb und ein alter Friseur ihren Platz einnahm, rief Mutter Friedlich entzückt, das sei ja endlich mal ein bisschen stufenförmig. Einen Unterschied zu vorher konnte Friedlich nicht erkennen. Inzwischen waren seine Haare so dünn geworden, dass an eine Form nicht mehr zu denken war, und wenn ihn heute ein Friseur fragte, wie er seine drei Haare denn haben wolle, sagte er nur: kurz!

Mit kurzen Schritten war er die Stufen zum Bach hinuntergegangen. Nun lief er am Wasser entlang in Richtung der untergehenden Sonne. Bald fühlte er sich durch das unausgesetzte Plätschern an der Blase stimuliert. Die Böschung gab ihm Schutz. So trat er an das Wasser heran und verrichtete sein Geschäft. Dabei fiel ihm ein Eiszapfen auf, der steil aus den Fluten ragte und in der Sonne glitzerte. Instinktiv richtete er seinen Strahl darauf. Es stimmte ihn heiter, wie sich der Zapfen gleich gelblich verfärbte und kleiner wurde. Das sei heiß, dem könne nichts widerstehen, hörte er sich rufen.

Im selben Moment durchzuckte ihn der erschreckende Gedanke, es könne eine sensible Landbewohnerin seine einfältigen Worte gehört haben. Er blickte ängstlich die Böschung hinauf und urinierte dabei irrtümlich auf seine Schuhe. Als sei dies noch nicht genug, beugte er sich, irritiert durch das warme Gefühl in seinen Strümpfen, nach vorne und beschmutzte im Zuge dessen seine Hose. Zu guter Letzt bekam er den haltlos gewordenen Springbrunn aber doch wieder in den Griff und konzentrierte sich auf den Eiszapfen, bis dieser ganz verschwunden war. Dann packte er alles gut ein und setzte seinen Spaziergang fort, notgedrungen mit benetzter Kleidung. Es ärgerte ihn, Damenunterwäsche spazieren zu tragen, während er doch Herrenoberbekleidung brauchte. Nachdem er im Geiste eine neue, für Damen und Herren gleichermaßen geeignete Strumpfkollektion ent- und wieder verworfen hatte, fiel ihm auf, dass ein Eiszapfen mitten im schönsten Spätsommer bei 25 Grad eine recht ungewöhnliche Erscheinung war. Er trat noch einmal an den Bach heran, prüfte die Temperatur des Wassers und blickte schräg über die Wellen. Alles war normal. Kein Eis war zu sehen. Ein anderer als er hätte in diesem Bächlein womöglich sogar gebadet. Seltsam, dachte Friedrich Friedlich.

Wie Frau Herta Korschinsky den Schlagersänger Bernd Rüdiger, den sie sehr verehrte, ins Jenseits beförderte

Bernd Rüdiger hatte den großen Durchbruch nicht geschafft. Weder als Sänger, noch sonst irgendwie. Er träumte von der Oper. Doch man ließ ihn nur Schlager singen. Dabei sah er nicht aus wie ein Schlagerstar. Er war kein Frauentyp, kein großer Verführer. Aber er schaute gerne anderen zu. Und auch dabei hatte er wenig Glück. Wenn er sich auf einen Baum setzte, brach der Ast. Wenn er auf eine Leiter kletterte, war es nicht die des Erfolgs. Und wenn er sich in einen Busch hockte, fing der an zu brennen. Trotzdem galt Bernd Rüdiger bei seinem Publikum als Showkanone. Einen ganzen Saal konnte er auf seine Weise in Stimmung bringen. Manchmal warfen die Damen ihm Rosen zu, die Herren wurden sentimental, und nicht selten wurde sogar zu seinen schwungvollen Liedern geschunkelt. Zu mehr wäre sein größtenteils gebrechliches Publikum nicht in der Lage gewesen.

An diesem besonderen Abend waren alle begeistert, selbst Herta Korschinsky. Sie war so begeistert wie nie zuvor in ihrem kleinen Leben. Die Bezeichnung 'kleines Leben' darf nicht missverstanden werden! Herta war, um hier gleich Klarheit zu schaffen, ein Meter fünfundsechzig groß, also keine Riesin, aber eben auch nicht klein. Sie lebte nicht auf großem Fuß, dafür aber mit einer gewissen Beständigkeit, und das schon sehr lange. Ein kleines Leben führte sie, weil kein Mensch bemerkte, dass sie überhaupt lebte. Klein also im Sinne von unscheinbar, unbedeutend, völlig belanglos. Es war ein lebloses Leben, um es kurz zu sagen. Irgendwie war Herta kurz gekommen, zu kurz. Sie wurde in einer kleinen Küche auf einer kurzen, rustikalen Eckbank geboren, und zwar auf der kürzeren Seite, wurde später in ein kurzes Spanplatten-Bett gelegt und trug, seit sie Haare hatte, eine glockenförmige Kurzfrisur. Ihre kurzen Kleider hatten einen Grauschleier. Ihr Teint war so grau wie ihre Augen. Ihre Vorstellung von der Welt war ebenfalls grau. Sie lebte in einer grauen Beton-Siedlung, atmete graue Luft, aß graues Brot und bekam einen kurzen, grauen Mann in einem grauen Anzug. Es war Hermann Korschinsky, ein kleiner Buchhalter mit einem kleinen

Bauchansatz. Von ihm hatte sich Herta ein Kleinkind machen lassen, das sie nicht in der Küche, sondern auf dem Wohnzimmersofa gebar. Man gönnt sich ja sonst nichts!

Mit Ach und Krach zog Herta ihr Kleinkind groß, führte den Haushalt und steuerte einen kleinen Nebenverdienst zum Buchhaltergehalt ihres Mannes bei, der sich davon einen kleinen, grauen Opel leistete. Das alles machte sie ohne große Freude. Eigentlich hat sie es überhaupt nicht gemacht, sondern nur irgendwie erlebt. Kein Wunder, dass sie sich langweilte und ihr kleines Leben gerne verkürzt hätte. Leider erwies sich ihr Körper im Laufe der Jahrzehnte als äußerst langlebig.

Ihre einzige Freude war es, anderen ihr Leid zu klagen. Sie jammerte ohne Ansehen der Person jeden an, der in ihre Nähe geriet. Sie konnte über ihre Arbeit ebenso jammern wie über die Arbeitslosigkeit, ihren ständigen Hunger und ihre Fettleibigkeit. Doch nicht einmal ihr Arzt, der im Laufe der Zeit ein geduldiger Zuhörer geworden war, konnte ihr helfen. Irgendetwas in ihrem unfreiwilligen Dasein fehlte, und sie ahnte nicht einmal, dass es die Höhepunkte waren. Bis zu diesem

Abend in der Reha-Klinik. Da hatte Bernd Rüdiger alle gepackt, sogar Herta Korschinsky, deren kleines, graues Herz noch keine Begeisterung kannte!

Sicher, bewundert hatte Herta ihren Bernd Rüdiger schon lange. Bewunderung kannte sie. Sie bewunderte Friedrich den Großen, Richard von Weizsäcker oder Franz von Beckenbauer. Auch den Papst und alle Prinzen und Prinzessinnen, die ihr aus deutschen Illustrierten bekannt waren. Sie hatte „Das goldene Blatt", die „Schloss-Revue", das „Herz für hohe Häupter" und das „Thron-Magazin" abonniert. Aber das war nur Bewunderung aus der Ferne, eine anerkennende Sympathie für Menschen, die etwas aus ihrem Leben gemacht hatten. Später vergaß sie diese Leute genauso wie Hermann, ihren Mann. Den Bernd Rüdiger jedoch, den würde sie niemals vergessen. Er hatte sie aus ihrem Dornröschen-Schlaf gerissen. Und dabei machte er nichts als singen.

Sie kannte alle seine Hits: „Lass die roten Rosen nicht verblühen", „Tausend rote Nelken schenk ich Dir", „Die roten Stiefmütterchen auf deinem Grab", „Vergiss die bunten Tulpen nicht" und seine unvergleichliche Ein-

Mann-Version von „Mein kleiner, roter Kaktus"! Er sang sich mit der ganzen Botanik in Hertas Herz und brachte Farbe in ihr Leben. Für rot hatte er eine Schwäche. Auch heute Abend trug er seinen roten Seidenanzug, in dem man ihn seit Jahren sah. Eigentlich war er nicht besonders gut in Form. Seine Stimme war belegt, seine Hände zitterten und sein rosa Halstuch triefte vom Bommerlunder, der ihm aus allen Poren quillte. Vielleicht war es gerade dieses leicht Haltlose - mehr als einmal krachte er mitten in die verwirrte Kapelle -, vielleicht seine rauschhafte Euphorie, die seine Zuschauer in minutenlange Klatschkrämpfe trieb. Er ließ das ganze Publikum aufblühen, verzauberte es mit seinem grundlosen Lachen, seinen schrillen Akkorden, seinem expressionistischen Tänzelschritt. Ein anderer als Bernd Rüdiger hätte sich in diesem Zustand und mit diesem Programm fürchterlich blamiert.

Woher nahm dieser Mann eine solche Energie? Als er „Nimm deine roten Socken und geh" schmetterte, rutschte ihm vor lauter Temperament das Toupet vom Kopf. Doch er lachte nur laut auf und kickte es übermütig wie ein kleiner Junge ins Publikum. Es landete genau in Hertas Schoß. Als sie vor Überraschung quiekte, rief

Bernd Rüdiger: „Tor!" und brachte - ganz Profi - sein Lied zu Ende. Herta wusste gar nicht, wie ihr geschah. Sie starrte diesen Mann voll Ekstase an und streichelte verzückt sein Haar. Selbst dieser künstliche Schopf verströmte noch Bernd Rüdigers ungezügelte Lebenslust. Herta war elektrisiert. Es kroch etwas in Ihre Hand, durchzuckte ihren Arm, ihren Körper, ihr ganzes Wesen. Zum ersten Mal im Leben wurde sie rot. Puterrot! Außerdem wuchsen ihre Brüste. Dabei hatte sie gar keine mehr.

Bernd Rüdiger näherte sich dem Höhepunkt seines Programms. Mit „Die Mimose in der roten Hose" wurde er nun etwas zotig, doch die Stimmung vertrug das. Als er an den Rand der Bühne trat, klammerte sich Herta mit aller Kraft an ihrer Trophäe fest. Sie bemerkte, dass Bernd seine Augen suchend über das Publikum schweifen ließ. Und plötzlich entdeckte er sie. Ihr Herz klopfte wie noch nie, ihr Bauch krampfte sich zusammen und ihre Brüste schwollen weiter an. Als Bernd diesen Effekt bemerkte, traute er seinen Augen nicht. Mit einem draufgängerischen Satz sprang er von der Bühne und krachte in die erste Reihe. Textlich passte das sogar sehr gut, denn er war gerade bei seinem berühmten Refrain

„Hoppla, hoppla, heut' fällt alles um!" Man half ihm wieder auf die Beine, und als Gentleman revanchierte er sich, indem er für eine nur leicht verletzte Dame einen Sanitäter herbeiwinkte. Anschließend wandte er sich erneut Herta zu, die er trotz der sie fast verdeckenden Brüste auf Anhieb wieder im Publikum erspähte. Er zwängte sich, immer noch „Hoppla, hoppla" singend, durch die Reihen und gelangte schließlich zu ihr, deren Brüste gigantische Ausmaße angenommen hatten und zu vibrieren begannen. Die anderen Zuschauer versuchten, die seltsame Mutation der alten Frau zu ignorieren. Insbesondere die Männer starrten beflissen auf die leere Bühne. War nicht erst kürzlich in einer beliebten Tageszeitung die Schlagzeile erschienen: „Riesenbusen angestarrt! Geldstrafe!"? Wenn es nach Herta gegangen wäre, hätte da auch „Todesstrafe" stehen können. Sie hasste diese geilen Lustmolche, die trotz ihres Alters auf jede Brust, jeden Schenkel und jeden Hintern starrten, ganz gleich, wie viel Zellulitis und Fettgewebe sich dort schon abgesetzt hatten. Nur ihr Bernd, ihr armer, von allen Gazetten durch die Gosse geschleifter Bernd, der durfte starren! Und er starrte!

Er stand nun direkt vor ihr, streckte vorsichtig seine Hand aus und berührte mit dem letzten „hoppla" ihren Busen. In diesem Moment sprang in Herta das Tor zu einer anderen Dimension auf. Während Bernd ihre Hand packte, mit der sie noch immer fest sein Toupet umklammerte, wirbelten vor ihren Augen alle Farben aller Blumen auf einmal zusammen, unzählige Knospen sprangen auf, und alle lachten sie Bernds strahlendes Kinderlachen. Sie dufteten nach Musik, nach Bernds Musik. Herta schwamm in einem Blütenmeer von rotem Glück. Bernd Rüdiger aber war es gelungen, ihr seine Perücke zu entringen. Er hustete ein bommerlundergetränktes „Dankeschön" ins Mikro und wollte ihr ein Küsschen auf die Wange geben, als das Material ihres Kleides dem gewaltigen Druck des Busens nicht mehr standhielt und platzte. Zwei übermenschliche Brüste schleuderten ihn mit unglaublicher Wucht zurück auf die Bühne. Dies war Bernd Rüdigers wohl größtes, aber auch sein letztes Konzert.

Wie Friedrich weiter spazierenging und dabei die Abendnachrichten verpasste

Über verschlungene Gedankenpfade war Friedlich zu der Frage gelangt, wie sein Leben verlaufen wäre, wenn er, wie ursprünglich ins Auge gefasst, eine Strumpf-Boutique auf Helgoland eröffnet hätte. Während er abermals in den Bach urinierte und versuchte, einige Kaulquappen zu treffen, erinnerte er sich, wie jener Entschluss über lange Jahre reifte. Damals war ein alter Reiseprospekt seine liebste Toilettenlektüre. Er hatte bemerkt, wie unvorteilhaft sich die Menschen auf Helgoland kleideten und witterte dort ein großes Geschäft. Für die Überfahrt hatte er fünf Jahre lang gespart. Und dann war der Moment gekommen, die Mutter in den großen Plan einzuweihen.

Ober er nun total bescheuert sei, oder was?! Es hagelte harte Schläge auf seinen Rücken, da sie damals bettlägerig war und an den Kopf nicht heranreichte. Das komme nicht in Frage. Von solchen Spinnereien wolle sie nichts mehr hören. Das Geld nahm sie ihm ab und machte damit selbst eine Kreuzfahrt durch die Karibik. Das sei er ihr schuldig, und noch viel mehr.

Er war dem Bachlauf ein knappes Stündchen gefolgt und hatte sich weit von seinem Wagen entfernt. Da
es spät geworden war und die Abendnachrichten näher-
rückten, schien es ihm am vernünftigsten, rasch zum
Auto zurückzukehren, dabei jedoch nicht denselben Weg
in umgekehrter Richtung zu gehen, sondern den begon-
nenen Kreis zu vollenden. Die Erkundung der heimischen
Flora und Fauna hätte unter einer simplen Umkehr gelitten. Auch wäre er Gefahr gelaufen, dem alten Jogger
wieder zu begegnen. Und überhaupt: Der klassische
Wanderweg verlaufe nun einmal im Kreis. Wer diese
Regel nicht respektiere, gestehe nur seine Orientie-
rungslosigkeit ein.

Ein kleines Stück begleitete Friedlich den Bachlauf
noch, und zwar barfüßig hindurch watend. Es war der
alte Trapper-Trick, den er aus zahlreichen Abenteuer-
geschichten kannte. Wegen des Fremdschirms hatte er
nämlich ein mulmiges Gefühl bekommen. Er befürchtete,
dass der wahre Besitzer inzwischen die örtlichen Be-
hörden informiert hatte. Doch selbst mit Hunden wäre
seine Spur im Bach nicht zu verfolgen gewesen. Es kam
ihm seltsam vor, dass man ihn um diese Uhrzeit wegen
eines alten Regenschirms mit Hunden verfolgte. Trotz-

dem genoss er es, durch das klare Wasser zu stapfen. Schon der alte Pfarrer Kneipp hatte frische Fußbäder ja sehr befürwortet.

Bald wurde es ihm aber doch zu frisch. Eine gesundheitsfördernde Wirkung erschien ihm unter diesen Umständen nicht mehr plausibel. Er trocknete seine Füße am Schirm ab, der auf diese Weise etwas sauberer wurde. Dann stieg er die Böschung hinauf, um sich einen Überblick zu verschaffen. Es gelang ihm nicht sehr gut. Der Boden war matschig, und er fiel öfters auf die Nase. Schließlich oben angekommen, musste er feststellen, dass die Landschaft überall gleichermaßen ländlich war und kaum Anhaltspunkte für eine rasche Orientierung bot. Der Bach floss durch Felder, die mit Hecken begrenzt waren. In der Ferne sah er ein paar Bäume. Das war gewiss das Wäldchen, durch das er gekommen war. Ein abseits stehendes Bäumchen erinnerte ihn an seine Jugendzeit. In einiger Entfernung bemerkte er einen Pfad, der an dichtem Buschwerk entlang auf eine Anhöhe führte. Dort, so überlegte Friedlich, verlaufe gewiss ein schöner, klassisch geschotterter Feldweg, der den Wanderer - und warum nicht auch ihn? - getreulich zurück zum Dorfe führe. Nichts lag näher, als genau diese Richtung einzuschlagen.

Als er den Pfad erreicht hatte, bemerkte er eine Treppe, die vom Bach heraufführte. Es wäre also gar nicht nötig gewesen, durch den dreckigen Acker zu stapfen. Vor lauter Ärger ging er den ganzen Weg noch mal zurück, stieg wieder hinunter zum Bach und watete durch das Wasser, um schließlich von unten zur Treppe zu gelangen. Es war eine Kurzschlusshandlung, denn besser wurde es dadurch nicht. Seine Hosen waren sogar noch viel dreckiger als zuvor. Seine Mutter würde ihn gehörig zur Rede stellen. Mit gebeugtem Haupt schritt er die Treppe hinauf und gelangte über den Pfad zu der Anhöhe.

Tatsächlich gab es hier oben einen Weg, der nicht geschottert zwar, doch mit großen, schweren Betonplatten gepflastert. Friedlich blickte nach links und sah, wie sich Platte an Platte ins Unendliche reihte. Als breite Narbe lag der Weg in der Landschaft. Entfernt sah er Betonpfeiler stehen, Zaunreste, Stacheldraht und Türme. Die feindselige, bei aller aufstrebenden Höhe fast geduckte Haltung, die funktionale Bauweise und die rundum eingelassenen Schießscharten deuteten auf eine militärische Anlage hin. Es waren Wachtürme! Und plötzlich schoss es Friedlich durch den Kopf, dass er sich auf einem Todesstreifen befand, auf den Überbleibseln jener Grenze, die einst den Osten des Landes vom Westen getrennt hatte. Er dachte an Selbstschussanlagen, Tretminen und vergessene Spähposten. Wer konnte schon wissen, ob nicht ein verrückt gewordener Nachkomme eines ehemaligen Grenzbeamten hier noch Wache schob - oder vielleicht sogar der Geist des Beamten selbst. Er erinnerte sich an Berichte von merkwürdigen Grenzphänomenen. Hier irgendwo, auf irgendeinem Turm, hinter irgendeinem Pfosten, lauerte womöglich der Grenzer des Todes auf ihn. Obwohl ihm dieser Gedanke dann doch absurd vorkam, war ihm die Situation nicht geheuer.

Er schaute nach rechts und erblickte zu seinem Erstaunen ein Dorf, das nicht weit entfernt auf der anderen Seite der Grenze lag. Er freute sich, seinem Ziel schon näher zu sein, als er angenommen hatte. Fröhlich marschierte er den Ex-Todesstreifen hinunter. Es wurde ihm bald klar, dass unter dem Beton keinerlei Tretminen versteckt waren. Die mussten links oder rechts des Weges in der weichen Erde lauern. Doch auch von dort waren sie ja vor langer Zeit mit deutscher Gründlichkeit entfernt worden. In der Zeitung hatte er zwar gelesen, dass ein Jogger von einer Mine zerrissen worden war. Aber das war sicher die berühmte Ausnahme von der Regel. Es gab ihm ein beruhigendes Gefühl, dass die einzige vergessene Mine bereits detoniert war.

Während er auf einen lustig wimmelnden Ameisenhaufen pinkelte, dachte Friedlich an seinen ersten Tag als Vertreter. Es war eine herbe Enttäuschung, als er seine Musterkollektion sah. Alles Gold und Silber fehlte. Zwar waren sämtliche Braun- und Fleischtöne des Nylons vertreten, doch nichts von dem, was eine Dame von Welt an ihren Beinen haben mochte. Er musste seine Träume etwas zurückzuschrauben.

Auf das erste Verkaufsgespräch hatte er sich gründlich vorbereitet. Er hatte sich einen kleinen Text zurechtgelegt, mit dem er sich vorstellen wollte. Seine Haare waren stark pomadiert, damit ihre mangelnde Stufenförmigkeit nicht zu sehr in Erscheinung trat. Seinen Anzug hatte er gründlich bei 90 Grad gewaschen und stundenlang gebügelt. Die Schuhe hatte er so sorgfältig gewichst und poliert, dass ihm ihr strahlender Glanz auf der Straße fast peinlich war. Und da es ja um Unterwäsche ging, hatte er sich selbst eine neue Unterhose angeschafft.

Man hatte ihm eine Art Wohnsiedlung zugeteilt. Es gab mehrere Gassen, eine Telephonzelle, Laternen, Latrinen und Mülleimer, Wohnwagen, nette Baracken und sogar ein paar hübsche kleine Bungalows. Hier wollte Friedlich beginnen. Er trat vor die erste Tür und las das Türschild. Der mit groben Linien ins Holz geschnitzte Name „Lenz" schien ihn aufmuntern zu wollen. Auch die Fußmatte mit dem niedlichen Teddybären und dem Spruch „Tritt ein, bring keinen Schmutz herein" deutete auf saubere und sympathische Kunden hin. Er atmete tief durch und klingelte. Dann wartete er. Nach einer Viertelstunde wiederholte er sein Klingeln. Eine weitere Viertelstunde später wagte er den Doppelklingler, den er im Vertreterkurs gelernt hatte. Und nach einer Dreiviertelstunde folgte der Dreifachklingler.

Indem der Verkäufer mehrfach hintereinander klingelt, gibt er dem Kunden zu verstehen, dass es sich um eine Angelegenheit von Bedeutung handelt. Friedlich war ein solches Auftreten unangenehm. Doch als selbst eine

Stunde hartnäckiges Dauerklingeln jegliche Wirkung verfehlte, fasste er sich ein Herz und ging zum nächsten Haus weiter. Sofort nach dem ersten, nur gehauchten Klingeln stand eine junge Frau in der Tür und blickte ihn erwartungsvoll an. Jetzt erst fiel Friedlich ein, dass er es versäumt hatte, auf das Türschild zu schauen. Sogleich analysierte er die Lage. Eine nicht namentliche Anrede kam auf keinen Fall in Betracht. Die Kundin als erstes nach ihrem Namen zu fragen, war ebenso wenig empfehlenswert. So blieb ihm notgedrungen nur, mit einem unmerklichen Seitenblick den Namen seiner Gesprächspartnerin blitzschnell in Erfahrung zu bringen und ohne den geringsten Reibungsverlust zur Anrede überzugehen. Diese Option scheiterte an dem Umstand, dass sich an der gewohnten Stelle rechts von der Tür gar kein Namensschild befand. Auch linker Hand war kein Schild zu sehen, ebenso wenig über der Tür, innerhalb des Türrahmens und, soweit er dies aus seinem Blickwinkel erkennen konnte, im Innern der Wohnung. Schnell musste er den Plan ändern. Nun galt es eben doch, allen Verhaltensregeln zum Trotz auf die persönliche Anrede zu verzichten und gleich ins Verkaufsgespräch einzusteigen.

Liebe, geehrte Frau! Sie möge bitte die Störung entschuldigen... oder vielmehr den Besuch, denn als Störung solle sie seinen ... seine Gegenwart sicher nicht ... empfinden, wenn sie erst die exklusssss... ... schönen Strümpfe ... Damenunterstrümpfe tragen, die er ihr hier drin ... in seinem schönen ... schlichten Koffer ... äh ... vorzeige...

Das war nicht ganz der elegante Wortlaut, den sich Friedlich am Vortag ausgedacht hatte, und es war dementsprechend auch nicht die Reaktion, die er sich im Stillen erhoffte: Ohne Vorwarnung stand er vor nachdrücklich verschlossener Türe. So unzufrieden er mit diesem Ergebnis war, bot es ihm doch Gelegenheit, seine Suche nach dem Türschild in Ruhe fortzusetzen. Er fand es rechts von der Tür, nur in ungewohnt hoher Position. Darauf stand der Name Turk, der überhaupt nicht zu der blonden Frau passte. Die Klinke war wie die ganze Tür lange nicht geputzt worden. Ebenso wenig einladend wirkte der Zustand des Gartens oder der Gardinen. Statt einer ordentlichen Fußmatte lag nur ein Stück ausgeschnittenen Teppichbodens vor der Tür. Obwohl all dies keine Empfehlung war, klingelte er noch einmal.

Die Hartnäckigkeit des Vertreters machte die wortkarge Frau Turk auf einmal redselig. In recht deutlichen Worten gab sie ihm zu verstehen, was sie von ihm hielt und dass sie keinen Wert auf sein weiteres Verweilen legte. Mit ihrer Ausdrucksweise erinnerte sie Friedlich an seine Mutter. Er lächelte sie freundlich an und nahm einen neuen Anlauf. Mit traumhaftem Erfolg bemühte er sich um eine gepflegte, deutliche und flüssige Sprechweise.

Sie sei eine werte und liebe Frau und heiße, soweit er dies habe in Erfahrung bringen können, wohl Frau Turk. Vor sich sehe sie nun mitnichten einen obdachsuchenden Streuner und Pennbruder, vielmehr einen seriösen und, wie sie sich gerne erkundigen könne, wohl beleumundeten Vertreter der allerfeinsten Damenunterware beziehungsweise Wäsche. So möge sie denn geruhen, seine unterwürfigste Aufdringlichkeit zu vergeben und vergessen. Er verdächtige sie keineswegs der Barbarei und vermute vielmehr, auch sie habe eine sanfte Liebhaberin schöner, teurer Damenuntermode sozusagen in sich stecken. Als weltmännische Frau von modischer Gesinnung wisse sie ja ganz bestimmt, wie er mal so zu sagen von ihr erlaubt bekomme, selbst den

Zwickel, den heute ja oft vernachlässigten Zwickel, den wisse sie gewiss noch zu lieben und zu ehren, bis dass sie ihn kaufe. Ob sie daher denn nicht die Haustüre einen Spalt weit öffnen könne, um...

Während er so sprach, verschwand die problematische Kundin in ihrer Wohnung. Friedlich merkte sich eine gute halbe Stunde, an welcher Stelle er seine schöne Rede unterbrochen hatte. Doch als Frau Turk gegen Abend noch nicht zurückgekehrt war, beging er den folgenschweren Fehler, die angelehnte Eingangstür als Einladung zu missdeuten.

Er rief mehrere Hallos in die Wohnung. Umsonst! Aber er habe doch seinen Satz noch gar nicht beendet.

Vorsichtig tastete er sich durch die Düsternis. Die ganze Einrichtung ekelte ihn an. Angefangen von den Tapeten, die weder geschmacklich noch durch die handwerkliche Qualität ihrer Befestigung zu überzeugen vermochten, bis zum Fußboden, der zwischen allerlei Abfällen hindurch schimmerte. Im stallartigen Wohnzimmer lief der Fernseher. Man zeigte gerade eine Sendung mit außerirdischen Mutanten. Friedlich schaute ein wenig fern, dann nutzte er eine Werbeunterbrechung, um die Toilette zu benutzen und seine Suche nach Frau Turk wieder aufzunehmen.

Im Schlafzimmer stand ein riesiger Köter mit gefletschten Zähnen. Friedlich erschrak und hob zur Flucht an. Doch als er bemerkte, dass das Tier ihn nicht verfolgte, hielt er in seiner Bewegung inne. Was im ersten Moment wie der Hund von Baskerville ausgesehen hatte, war in Wirklichkeit nur ein toter Dekorationsgegenstand. Das einzig Gefährliche daran war sein modriger Geruch. Dieselbe Duftnote ging vom Bett aus, das mit teils eindeutigen, teils rätselhaften Flecken übersät war. Verunsichert setzte Friedlich seine Suche fort, bis er schließlich im Eingang zur Küche über Frau Turks leblosen Körper stolperte. Und da sah er die ganze Bescherung.

Vor einer blutverschmierten Wand saß ein hünenhafter Mann über eine halb verzehrte Pizza gebeugt und wirkte ebenso leblos wie der alte Müller in seiner Pastete. In seiner Brust steckte ein Messer, im rechten Arm die Gabel. Erneut wandte sich Friedlich zur Flucht. Dabei stolperte er zum zweiten Mal über Frau Turk, die nun endlich zu sich kam und laut stöhnte. Friedlich robbte eilig über sie hinweg in den Flur hinaus. Er wollte aufstehen, doch sein Fuß war verstaucht. Plötzlich stand der Pizza-Mann in der Tür, blutverschmiert, aber anscheinend lebendig. Das Essbesteck befand sich noch in ihm. Als er Friedlich erblickte, änderte sich sein Gesichtsausdruck auf unheilverheißende Weise.

Auch Frau Turk hatte sich wieder hochgerappelt. An ihrem rechten Arm hatte sich ein zusätzliches Gelenk gebildet, was sie mit Unwillen zur Kenntnis nahm. Ihr lautes Schreien lenkte die Aufmerksamkeit des Pizza-Riesen ab. Als sie das Besteck in ihm sah, kreischte sie erst recht auf und ging aufs Neue zu Boden. Erst jetzt bemerkte der Riese die beiden Fremdkörper. „Scheiße!" brummte er und zog Messer und Gabel aus sich heraus. Dann packte er Friedlich, setzte ihn brutal auf einen Stuhl, band ihn mit einigen zufällig greifbaren Zurrgurten fest und rief die Polizei.

Wie sich später herausstellte, hatte er ihn für einen Geisteskranken gehalten, der in fremde Wohnungen eindringt, um deren Bewohner mit den sich dort bietenden Mitteln zu verunstalten. Tatsächlich aber war der Riese, der sich als Herr Turk entpuppte, beim Versuch, eine versehentlich nicht aus der Schutzfolie entfernte Aufbackpizza zu zerschneiden, mit dem Besteck am Plastik abgerutscht, hatte sich selbst durchbohrt und durch den Schock das Bewusstsein verloren. Bei der heftigen Bewegung hatte er zwei Flaschen Ketchup gegen Wand und Decke geschmettert. Seine besorgte Gattin hatte den Anblick fehlinterpretiert und war in Ohnmacht gefallen. Zum Glück trug keiner der Beteiligten einen bleibenden physischen Schaden davon. Mit den seelischen Lädierungen freilich sah es anders aus. Und hinsichtlich des geschäftlichen Nutzens war jener erste Tag für Friedlich ganz verloren.

Unangenehmen Erinnerungen wie dieser konnte Friedlich bis zur Selbstvergessenheit nachhängen. Diesmal hatte er vergessen, rechtzeitig abzubiegen. So war er an der Ortschaft vorbeigelaufen und sah den kleinen Weiler nun bei einem weiteren Notdurftstopp hinter sich in der Ferne. Es wäre das Vernünftigste gewesen, einfach umzukehren, doch Friedlich wollte der einmal aufgestellten Maxime der Nichtwiederholung einer identischen Wegstrecke treu bleiben. So wartete er den nächsten Feldweg ab, der grob in die richtige Richtung führte. Umkehren konnte er ja immer noch.

Zügig marschierte er den Weg hinunter und machte sich die schwersten Vorwürfe, so lange getrödelt zu haben. Es schien ihm zweifelhaft, ob er es überhaupt bis zu den Nachrichten schaffen würde. Bis zum Beginn des Unterhaltungsprogramms jedoch wollte er unbedingt zuhause sein. Bald gelangte er auf eine kleine Straße, die ihn zu der Ortschaft brachte. Angestrengt versuchte er sich zu erinnern, was heute im Fernsehen lief und wo er seinen Wagen geparkt hatte. Systematisch durchstreifte er das ganze Dorf in seiner Länge und Breite, kartographierte nach einiger Zeit die Hauptstraßenzüge, später auch die kleineren Gassen, bis ihn die furchtbare Ahnung überkam, es könne sich um den falschen Ort handeln. Offenbar war er doch noch nicht so weit gekommen, wie er gehofft hatte. Er versuchte, sich zu orientieren. Allzu weit konnte sein Wagen nicht entfernt sein. Er fand eine Straße, die aus dem Ort hinausführte. Hier setzte er seinen Marsch fort.

Der Koffer zerrte nun wie ein Stück Beton an seiner Hand. Dabei waren doch nur Nylonstrümpfe und Unterwäsche drin! Er erinnerte sich, wie glücklich er war, als er vom einfachen Strumpfvertreter zum Reisenden in Damenstrumpf- und -untermoden aufstieg. Bis dahin musste er Strümpfe ohne Strumpfhalter verkaufen, konnte weder Büstenhalter noch Korsette anbieten und nichts, was die Gesäßpartie abgedeckt hätte. Jetzt war sein Koffer voll mit diesen Dingen, und er spürte jedes Gramm.

Hundert Meter hinter dem Ort bog die Straße nach links ab. Er hatte aber das Gefühl, für ihn wäre eine Biegung nach rechts angebracht. Da er als Fußgänger auf die Straße ja nicht angewiesen war, beschloss er, den Weg über die Felder abzukürzen. Er bog in einen Holperpfad ein, der quer durch die Felder auf einen Hügel führte. Von dort würde er sein Ziel sicher schon sehen können. Zu seinem Ärger endete der Weg mitten in einem Feld. Da der halbe Weg nach oben bereits geschafft war, ging er den Rest des Weges über die Äcker weiter. Zurückgehen konnte er ja immer noch.

Er ging an den Grenzen zwischen den Feldern entlang. Hier konnte man einigermaßen laufen, ohne in der weichen Erde einzusinken. Hie und da musste er einen ganzen Acker in der Breite überqueren. Als er endlich oben angelangt war, sah er nichts anderes als ein weiteres Tal mit weiteren Feldern. Voll Sorge blickte er zurück. Er hatte sich weit von der Straße entfernt. Wenn er sich jetzt nicht beeilte, würde er vollends zu spät kommen. Er setzte alles auf eine Karte und rannte, so schnell er konnte, den Abhang hinunter. Zwischen zwei großen Feldern begann er mit dem nächsten Aufstieg. Hinter sich sah er die rote Abendsonne glänzen. Es war ein schöner Anblick. Auch die Weite der Natur hätte er wohl genossen, wäre es nicht schon so spät gewesen.

Die Spitze des zweiten Hügels bot keine erfreulichere Aussicht. Friedlich sah ein noch größeres, von Feldern bedecktes Tal. Er bedauerte, überhaupt so weit gegangen zu sein. Wenn er nicht bis neun zuhause wäre, hätte es üble Folgen. Um diese Zeit kam der Kontrollanruf seiner Mutter. Die Zeiten des Teppichklopfers waren zwar vorüber, aber sie hatte noch immer ihre Methoden. In panischer Furcht rannte Friedlich quer über die immer größer werdenden Felder. Er hatte nichts mehr zu verlieren. Und umkehren konnte er ja immer noch.

Doch es dauerte eine Ewigkeit, bis er das nächste Tal erreicht hatte, und der erneute Aufstieg zog sich noch länger hin. Friedlich haderte mit seinem Schicksal und seinem Charakter. Immer wieder geriet er in ausweglose Situationen. Das Schlimmste aber, schlimmer noch als der ganze Schlamassel selbst, war, dass seine Gedanken nicht auf den Ernst der Lage reagierten. Nicht wirklich! Sogar jetzt noch musste er unwillkürlich an ganz Nebensächliches denken. An Strümpfe! Ob man sie nicht anstatt all dieser unförmigen Kartoffeln hier anpflanzen könnte. Ein Meer von Damenbeinen in schönen Strümpfen sah er schon aus der Erde staken und sich sacht im Winde wiegen. Doch als er die Spitze des dritten Hügels erreichte, verwarf er den ganzen Gedankengang.

Die Monotonie der Äcker setzte sich einfach fort. Ohne Unterbrechung. Kein Strauch, kein Baum, kein Nichts zu sehen. Wer bloß solch aberwitzige Flächen anbaut, auf denen selbst die Krähen verloren sind? Und was wohl geschieht, wenn der Landwirt oder Ackerwart ihn hier spät abends auf offenem Feld entdeckte und zur Rede stellte. Es dämmerte ja schon! Das große, schwarze Feld dehnte sich nach einem roten Horizont, verschlang ihn langsam und breitete sich über den Himmel aus. Es schluckte auch Friedlich in seinem grauen Anzug und seiner Ratlosigkeit. Nun war alles egal. Dies war der Moment zur Umkehr.

Leider sah alles so gleich aus. Es war wie verhext. Er wusste nicht mehr, aus welcher Richtung er gekommen war, rannte zurück in das Tal, wieder hinauf auf einen Hügel, hinunter, hinauf, runter, rauf. Immer der gleiche, eintönige Anblick. Er hätte sich mit einem Ast zurechtgefunden, mit einer angeritzten Kartoffel, einer Cola-Büchse. An allem hätte er sich orientieren können, der unscheinbarsten Kleinigkeit. Aber doch nicht an gar nichts! Er versuchte, sich im Geiste eine Landkarte zurechtzulegen. Er zeichnete sein Auto ein, sich selbst und seinen ungefähren Weg. So erlangte er eine vage Vorstellung von seiner Position und lief in die Richtung, die ihm am vielversprechendsten schien. Doch tief im Innern wusste er, dass sie ebenso falsch war wie alle anderen Richtungen. Bald wurde es zu dunkel, um nach vertrauten Büschen und Hecken zu spähen. Aber auch keine Lichter wiesen ihm aus der Ferne den Weg. Keine Laternen, keine Autoscheinwerfer oder Lagerfeuer. Nur das fahle Licht der Sterne, an denen sich zu orientieren er nie gelernt hatte.

Wie Frau Korschinsky die Esoterik entdeckte, und weshalb sie damit nichts anfangen konnte

Der Saal tobte, als Bernd Rüdiger sich trotz mehrfach gebrochener Wirbelsäule am Mikrophonständer hochzog und sein großes Finale anstimmte. Es war ein Triumph des Bommerlunders über alle Weisheiten der Medizin. Die ganze Klinik sang: „Hoppla, hoppla, heut fällt alles um!" Beim allerletzten Ton fiel Bernd Rüdiger um und stand nie wieder auf.

Dass die Dame, die diese Tragödie mit ihren explodierenden Brüsten verursacht hatte, grün angelaufen und in eine todesähnliche Starre verfallen war, fiel im Strudel von Showbegeisterung und Entsetzen niemandem auf. Auch Herta Korschinsky selbst konnte ihren Zustand nur unbestimmt wahrnehmen, denn ihr Bewusstsein fluktuierte zwischen dieser und mehreren anderen Welten, bis sie es ganz verlor. Gemeinsam mit dem dahinscheidenden Bernd Rüdiger verließ es endgültig den Saal und raste mit steigender Geschwindigkeit ins Nichts. In seinem Windschatten wachte Herta langsam wieder auf. Ihr Brustumfang hatte sich auf das gewohnte Nullmaß normalisiert, und sie saß noch immer in ihrem Zuschauersessel. Dieser aber befand sich in einem undefinierbaren Gewabere aus hellen Nebelschwaden. Auch neben, hinter, unter und über ihr war nichts zu sehen, was auf eine konventionelle Umgebung hätte schließen lassen. Da es Hertas erstes Konzert war, dachte sie zunächst an eine raffinierte Bewusstseinstäuschung, eine magische, künstlerische Vision. Ungewöhnlich für einen Schlagerinterpreten, aber gerade dadurch umso reizvoller. Die Existenz von so etwas wie bewusstseinsverändernden Nebelmaschinen war ihr aus manchen Zeitschriften bekannt. Sie lebte ja nicht hinter dem Mond. Auch ihr Horoskop las sie regelmäßig. Es war ihr aber immer schwergefallen, daraus einen direkten Bezug zu sich herzustellen. Das Jenseitige gab ihr nichts. Und so war es auch mit diesem Nebeltrick. Der Effekt war schön, der Aufwand beeindruckend das Erlebnis phantastisch, und doch empfand sie das Ganze als unangenehm. Überflüssig! Sie bevorzugte Bernds Musik ohne dieses merkwürdige Drum und Dran. Immerhin war sie schon über siebzig oder achtzig.

Seltsam schien ihr auch das Verschwinden der anderen Zuschauer. Wenigstens einen Arzt hätte sie gerne in der Nähe gehabt. Einige Fragen zu ihrem körperlichen Zustand brannten ihr unter den Nägeln. Sie zog einige Sicherheitsnadeln aus ihrer Handtasche und reparierte provisorisch ihr Kleid.

Als sich der Nebel immer mehr verdichtete, wurde ihr der Spaß zu bunt. Gerne hätte sie jemanden ange-jammert. Aber es war ja niemand da. Alles, was ihr ein-fiel, war, nach Bernd zu rufen. Es kam keine Antwort. In ihre private Angst mischte sich die Sorge um Bernd. Sie versuchte es etwas lauter. Ob sie jemand hören könne?! Was denn da los sei?! Ob denn Bernd Rüdiger schon fertig sei?!

Die ganze Antwort war ein seltsam verzerrtes Echo. Das war zwar auch ein toller Effekt, aber von der Show hatte sie vorerst genug. Sie wollte zurück auf ihr Zimmer.

Sie wolle gerne schlafen gehen! Sie habe ganz schlimme Depressionen!

Sie tastete mit dem Fuß nach dem Boden, doch da war nichts. Es begann zu regnen. Immerhin etwas! Herta wurde ungehalten. Sie fluchte und schimpfte ihren Ärger einfach heraus. Das hatte sie von einem Arzt als kleine Selbsttherapie empfohlen bekommen. Wenn gar nichts mehr gehe. Sie solle damit aber immer warten, bis sie allein war. Das war sie ja nun!

Plötzlich hörte sie ein Geräusch. Etwas Unheimliches, Unmenschliches schien sich zu nähern. Schon meinte sie, einen Dudelsack zu erkennen. Eine verendende Hirschkuh, einen jodelnden Südhessen, einen quietschenden Alteisensammler. Doch es war Bernd Rüdiger. Er sang noch immer sein lustiges „Hoppla, hoppla". Der Refrain nahm gar kein Ende mehr. Er wurde immer lauter und lauter, bis endlich der Sänger selbst aus der Nebelsuppe auftauchte. Als er Herta sah, blickte er sie vorwurfsvoll an und warf ihr sein Toupet ins Gesicht. Herta packte ihn fest am Arm. Er solle gefälligst mal da bleiben und sich als Kavalier erweisen. Ein bisschen Höflichkeit könne sie nach all dem ja wohl erwarten.

Doch Bernd war nicht in der Stimmung. Mit einem brutalen „Hoppla" riss er sich los. Herta verlor das

Gleichgewicht und rutschte aus ihrem Sessel. Laut schreiend fiel sie ins Leere.

Wie Friedrich von der Natur bezwungen wurde und zugleich die Natur bezwang

Friedlich befand sich auf einem ungeheuren Acker, ohne Licht, ohne Auto und vor allem ohne Orientierung, ausgerüstet nur mit einem Regenschirm, der ihm nicht einmal selbst gehörte, und einem Koffer voller Damenwäsche. Es war inzwischen stockfinster geworden. Er versuchte, durch stures Geradeausgehen wenigstens irgendwohin zu gelangen. Schließlich musste jeder Acker mal ein Ende haben. Seine Hand knirschte unter dem unerträglichen Gewicht des Koffers. Der Griff schnitt sich ins Fleisch. Doch er ließ nicht los. Um Mitternacht brach er erschöpft zu Boden und fasste seine Situation zusammen. Er hatte sich nicht erholt, seinen Anzug unwiederherstellbar verschmutzt, sein Auto verloren, das Fernsehprogramm verpasst und den Kontrollanruf seiner Mutter versäumt. Es war ein Fiasko! Eines, das er keinem Menschen würde erklären können. Wer sollte einem erwachsenen Mann glauben, dass er sich beim Spazierengehen auf einem Acker verirrt habe? Würde er jemals den Weg zurück in die Zivilisation finden, müsste er sich eine gute Geschichte ausdenken.

Für den Augenblick fiel ihm nichts Überzeugendes ein. Bei einer Autopanne hätte er einen Rechnungsbeleg der Werkstatt vorweisen müssen. Und wer sollte an dringende geschäftliche Angelegenheiten glauben, die einen Strumpf- und Damenuntermodenvertreter nachts auf's freie Feld führten? Nein, nein, nicht mit dieser langweiligen Kollektion! Schließlich gelangte er aber doch zu einer vorläufigen Arbeitsausrede Heftiger, lokal begrenzter Niederschlag habe ihn gezwungen, Zuflucht in einem Unterstand auf freiem Feld zu suchen.

Ganz aus der Luft gegriffen war diese Geschichte nicht, denn es begann tatsächlich, ein wenig zu nieseln. Rasch wurde daraus ein kleiner Schauer, der sich nach kurzer Zeit zum starken Regen auswuchs und am Ende als wahre Sintflut niederging. Friedlich setzte sich auf seinen Koffer und spannte den Schirm auf. Es war ein älteres Modell, das einige undichte Stellen aufwies. Friedlich stellte sich auf eine unkomfortable Nacht ein. Einen

Lichtblick gab es aber: das Cervelatwurst-Brötchen! Er hatte es nach dem Kongress heimlich in einen Tanzgürtel eingewickelt, und der befand sich in seinem Musterkoffer. So kam er wenigstens zu einem Abendbrot, wenn es auch nicht üppig war und er sich nicht wie gewohnt anschließend die Zähne putzen und zu Bett gehen konnte. Er improvisierte aus seinem Koffer, Zwickelstrümpfen und Strapsen, Négligés und Bodys eine Schlafstatt, über die er den fremden Schirm zeltartig spannte. Er musste sich recht krümmen, um seinen ganzen Körper in die kleine Notbehausung zu zwängen.

Seine Gefühle kurz vor dem Einschlafen waren gemischt. Er war irgendwo im Nirgendwo gestrandet. Doch unter den gegebenen Umständen hatte er sich passabel geschlagen: Er war dem Jogger und den Tretminen entkommen, hatte sich Nahrung beschafft und sogar eine Hütte gebaut. Er fühlte sich wie Robinson Crusoe. Und es gelang ihm, ein bisschen stolz auf sich zu sein.

Er stand noch einmal auf, um auf's Klo zu gehen, das er, in Analogie zum Grundriss seiner Wohnung, etwa fünf Meter von seinem Regenschirmbett entfernt einrichtete. Dann begab er sich zur Ruhe. Sein Schlaf wurde von einigen pelzigen Tieren nur unwesentlich beeinträchtigt. Als er am nächsten Morgen aufwachte, war alles weiß. Es hatte über Nacht offensichtlich geschneit. Friedlich konnte sich dies nur so erklären, dass er entweder sehr weit gelaufen war oder sehr lange geschlafen hatte. Andernfalls geschah hier etwas Merkwürdiges. Es war doch nicht einmal Herbst! Auf dem Feld lag dichter, weißer Nebel. An eine sinnvolle Fortbewegung war auch jetzt noch nicht zu denken.

Wie Frau Korschinsky ins Wasser fiel und wie es ihr darin erging

Hertas Sturz ins Ungewisse wollte und wollte kein Ende nehmen. Zuerst war sie ohnmächtig geworden, was sich bei Stürzen aus großer Höhe allgemein empfiehlt, da es die Wirkung des zu erwartenden Aufpralls subjektiv mildert. Als sie wieder zu Bewusstsein kam und noch immer fiel, versuchte sie es mit schrillem Schreien, bis sie heiser wurde und auch diese Option verlor. Dann begann sie wild um sich zu schlagen und zu strampeln.

Dabei zog sie sich einen Krampf in der Hüfte zu. Der heftige Schmerz bescherte ihr eine weitere Ohnmacht, die aber auch nicht ewig währte. So stürzte sie konzeptlos einfach weiter, Stunde um Stunde.

Was ihr blieb, waren Selbstgespräche. Sie unterhielt sich über das Konzert, über die markante Stimme von Bernd und seine erotische Oberstirnhaut. Denn obwohl sie Männer mit Glatze grundsätzlich ablehnte, schätzte sie bei Bernd die besondere Ausstrahlung dieses körperlichen Mankos. Der Haaransatz ihres Mannes hatte knapp zwei Zentimeter über den Augenbrauen begonnen, und seine schon früh ergrauten Haare waren so dicht, dass er seine Kopfhaut nicht einmal mit einer Drahtbürste erreichen konnte. Früher hatte sie diese üppige Behaarung für einen Vorzug gehalten - den einzigen, den Hermann neben den regelmäßigen Außerhauszeiten überhaupt besaß. Später jedoch ekelte sie sich vor dem undurchdringbaren Gestrüpp auf seinem Schädel. Einmal hatte sie beobachtet, wie längliche Insekten zwischen Hermanns Haaren verschwanden. Auch vermutete sie allerlei Speisereste auf seinem Kopf. Eines Tages, als sie hinter ihm herging, bemerkte sie, wie über seinen kurzen Nacken vom Hemdkragen bis zu den Haaren eine Ameisenstraße verlief.

Nur ungern erinnerte sie sich überhaupt dieser gemeinsamen Spaziergänge, bei denen er genau wusste, dass sie ihn nur begleitete, damit er sich nicht zu lange in ihrer Wohnung aufhielt, und sie ihrerseits wusste, dass er nur deshalb darauf bestand, mit ihr durch die Gegend zu hetzen, weil sie es hasste.

Nachdem sie einige Zeit über ihren Mann geschimpft hatte, kam sie wieder auf Bernd zu sprechen. Sie stellte sich die Frage, ob er sie nur wegen ihrer geschwollenen Brüste bemerkt hatte, oder ob er mehr in ihr sah. Vielleicht hatte er ihre übergroße Leidensfähigkeit erkannt, oder ihren Sinn für Musik. Oder waren es doch äußerliche Dinge? Ihr Gesicht kam auf keinen Fall in Frage. Auch nicht ihre Füße oder das drahtgeflechtartige Haarteil, das sie von ihrem Friseur empfohlen bekommen hatte! Ob es wohl doch das Schicksal war, das sie beide irgendwie verband? Bevor Herta diesen Gedanken mit sich erörtern konnte, fiel sie kopfüber ins Wasser.

Es verschlang sie und spukte sie wie einen Ball gleich wieder an die Oberfläche. Sie strampelte und schrie um Hilfe. Als sie nach einiger Zeit bemerkte, dass sie überhaupt nicht unterging, beruhigte sie sich allmählich. Ihr war seltsam zumute. Das Wasser hatte eine eigentlich ganz angenehme Badetemperatur und schaukelte ihren Körper sanft hin und her. Auf der Oberfläche lag ein grünliches Licht, das den Nebel hell schimmern ließ. Aus weiter Ferne hörte sie wieder Bernds Stimme. Er sang ein ganz eigenartiges Lied. War das englisch? Oder chinesisch? Sie verstand kein Wort. Aber das war ihr gar nicht unangenehm. Sie summte ein wenig mit und ließ sich auf den blaugrünen Wellen treiben. Ihr kleines Leben kam ihr mit einem Mal so unendlich groß vor. Wie das Meer! Um sie herum schwammen phosphoreszierende Fische. Das grüne Leuchten drang in ihre Augen und füllte sie von innen her aus. Ihr war, als sehe sie Gesichter, Gestalten von Königen und Fürsten aller Titelblätter der Welt. Sie schwebten an ihr vorbei und verschwanden wieder im Nebel. Dann tauchten ganz viele Schlagerstars auf, die Nanna Moussaka, Tilli und Kurt und die Schneider-Chöre. Die Dom Kosaken brachten ihr ein herziges Medley alter, russischer Waisen und Mireille Mondieu sang vom großen Glück. Über und unter Herta tummelte sich die große Welt. Es kam ihr vor wie im Paradies.

Das sei in der Tat das Paradies, sagte eine sonore Stimme von hinten. Es gehe ja schließlich auch darum, dass sie möglichst entspannt sei. Man müsse sich jetzt nämlich einmal ernsthaft miteinander unterhalten.

Wie Friedrich eine Grube grub und was er darin fand

Friedlich hatte sich wieder auf den Weg gemacht. Die als Bett zweckentfremdete Musterware hatte er absichtlich zurückgelassen. Sie war für Verkaufszwecke unbrauchbar geworden. Er war noch immer überzeugt, bald wieder auf Anzeichen menschlicher Kultur zu stoßen. Diesen verschneiten Acker der Verdammten wollte er auf dem schnellsten Wege hinter sich lassen. Das war ja nicht einmal ein anständiges Feld. Das war einfach nur planlos gefrorener Dreck! Ihm fiel auf, dass er in seiner Vergesslichkeit schon wieder den Regenschirm zurückgelassen hatte. Er ärgerte sich. Auch wenn es nur ein löchriger Stoff über einem rostigen Metallgestell war, so hätte er sich doch wenigstens daran festhalten können. Er tastete sich durch den Nebel zurück, wobei er sein Operationsfeld in kleine Quadrate einteilte, fand aber trotz intensiver Rasterfahndung keinen Schirm.

Er war mit den Nerven am Ende: Seit einer Ewigkeit irrte er mitten auf einem unendlichen Haufen von Schnee im Nichts umher, und keine Menschenseele war zu sehen. Er kam sich vor wie ein armes, dummes Insekt, das sich bei Nacht und Nebel im Netz einer krankhaften Phantasie verheddert hatte. Da tat Friedlich etwas, das er noch nie getan hatte, und unter normalen Umständen nie getan hätte. Er stellte sich breitbeinig hin und brüllte:

„Scheiße!"

Im selben Moment zupfte jemand an seinem Sakko. Friedlich schämte sich: Vor ihm stand das kleine Mädchen von gestern. Sie war ganz allein und schaute ihn mit großen, fragenden Augen an. Musste denn ausgerechnet so ein unschuldiges Kind miterleben, wie er in brutaler Weise Kraftausdrücke gebrauchte? Sie begrüßte ihn und nannte ihn Onkel. Friedlich grüßte stotternd zurück und nannte sie seinerseits abwechselnd Mädchen, Kleine und kleines Mädchen! Von wo sie da jetzt hergewandert sei? Ob sie denn gewandert sei... oder gelaufen?

Statt zu antworten, hielt sie ihm ein künstliches Gebiss hin. Er erschrak heftig, als er die Cervelatwurst-Reste daran erkannte. Oh, das seien aber nette Zähne! Ob das ihre seien?! Ja, oder ob das für den Onkel sei, für ihn, für den Onkel?

Mit Kindern umzugehen, hatte er nie gelernt. Er lächelte sie verlegen an. Was sollte er bloß sagen? Sollte er ihr die ganze Sache erklären? Sie würde es nicht verstehen. So ein Kind! Wenn er es ja nicht einmal selbst verstand. Er nahm das Gebiss und bedankte sich. Sie drehte sich um und ging fort. Der Nebel verschluckte sie. Friedlich blieb stehen und war perplex über seine eigene Blödheit. Das war doch eben seine Chance! Er hätte sie nach dem Weg fragen, sich von ihr führen lassen können. Mit ihrer Hilfe hätte er dem ganzen Spuk ein Ende bereitet. Stattdessen schämte er sich, diesem Kind seine Hilflosigkeit zu gestehen. Es gab keinen größeren Vollidioten als ihn!

Dieses dämliche Gebiss! Das war der reinste Bumerang! Mit seinen verschmierten Zähnen grinste es ihn bösartig an. Wenn er jemals wieder nach Hause fände und dieses Gebiss noch bei sich trüge, würde es sein Leben über kurz oder lang ruinieren. Auf die eine oder andere Weise würde seine Mutter es entdecken. Und dann würde die ganze Welt erfahren, dass er im Besitz des Gebisses eines verhungerten Kollegen war und somit eine der schändlichsten Formen von Mundraub mit Todesfolge begangen hatte. Vermutlich werde er in den Abendnachrichten erscheinen. Eine unerbittliche Meute blutrünstiger Journalisten werde ihn mit ihren Kameras und Mikrophonen an den Pranger schlagen. Er begann, ein tiefes Loch in den Schnee zu graben, um das Unglücksgebiss für immer darin verschwinden zu lassen. Seinen Koffer benutzte er als Schaufel.

Es gefiel ihm, sein Vertreterutensil um eine ganz unerwartete Funktion zu bereichern. Die erfinderische Not mache einen ganz schön ... also mache den Vertreter ...! Während er noch nach einem Weg suchte, diesen einen Gedanken zu Ende zu führen, hatte er schon den nächsten: Es wäre doch eine lustige Idee, beim Kongress im kommenden Jahr ein Überlebenstraining für Vertreter anzubieten. Der Standardmusterkoffer könne dabei im Zentrum stehen. Rasch hatte er eine brauchbare Sammlung von Zusatzfunktionen ausgearbeitet: der Koffer als Zange, Hieb-, Stich- und Wurfwaffe, Serviertablett, Nottoilette, Sammelbehälter für Essensreste, Rammbock, Fächer, Klangverstärker undsoweiter. Warum eigentlich musste er erst in eine solch verfahrene Lage kommen, um kreativ zu werden?!

In zwei Metern Tiefe stieß er auf einen großen Gegenstand. Es war ein hölzerner Behälter, etwas wie eine Truhe. Er freute sich über diese Entdeckung. Früher hatte er davon geträumt, Schatzsucher zu werden. Erste, zaghafte Anläufe hatte er schon mit zwölf Jahren unternommen, indem er in Mülleimern wühlte oder nachts in den Baustellen der Kanalarbeiter buddelte. Gefunden hatte er dabei nie etwas. Jedenfalls nichts, das eine Form gehabt hätte. Aber er hatte dabei viel über die Essensgewohnheiten seiner Nachbarn erfahren. Und auch das war ihm wichtig gewesen. Außerdem hatte er einmal gelesen, dass ein gewisser Dagobert Duck nach jahrelangem Stochern im Unrat auf eine Kiste mit goldenen Nüssen gestoßen war. Friedlich hätte auch mit silbernen

Zwiebeln vorlieb genommen. Hastig schaufelte er die Truhe frei. Erst jetzt sah er die für Schatztruhen ganz unspezifische Form. Sie erinnerte mehr an eine Gefriertruhe. Oder eine Transportkiste für sehr lange Unterhosen. Oder einen Sarg. Genau betrachtet war es ein Sarg. Er klopfte vorsichtig an den Deckel. Es antwortete niemand. Normalerweise wäre er jetzt einfach wieder gegangen. Aber er wusste ja nicht wohin. Zufällig lag neben dem Sarg ein Brecheisen. Er überlegte eine kurze Dreiviertelstunde. Im Fernsehen hatte er mal gesehen, wie jemand in einen Sarg hineinging und dann ganz woanders wieder herauskam. Vielleicht war das hier ja der Ausgang aus diesem blöden Ackertraum. Er machte sich ans Werk. Der Deckel flog in hohem Bogen auf seine Füße. Auf den Schmerz folgte die Enttäuschung: In der Kiste lagen nur ein paar alte, vermoderte Knochen, die zusammengenommen ein komplettes menschliches Skelett ergaben. Komplett, bis auf die Zähne! Was hier zu tun war, lag, bildlich gesprochen, auf der Hand: Friedlich musste zum ursprünglichen Plan zurückkehren und die Ausgrabung zur Deponierung des lästigen Gebisses nutzen. Es war ihm sehr lieb, dass die ganze Arbeit wenigstens den einen Sinn hatte, einen dahingegangenen Mitmenschen für's Jenseits zu komplettieren.

Behutsam öffnete er den zahnlosen Kiefer, schob die Prothese hinein und passte sie sorgsam an. Als er die Hand zurückzog, bedankte sich der Schädel höflich. Huch!!!!! Friedlich verlor die Kontrolle über seine Beine und rutschte längs neben den Sarg. Da er dem Skelett dabei aus dem Sichtfeld geriet, setzte sich dieses nun auf. Es hatte inzwischen Augen, Ohren und ein paar Muskeln bekommen. Während sich die inneren Organe bildeten, überzog sich das Ganze mit Haut und Haaren. Friedlich, der einen derartigen Effekt als mäßiger Horror-Konsument zum ersten Mal sah, hielt es für angebracht, laut schreiend aus der Grube zu klettern und das Weite zu suchen. Das Schreien gelang ihm. Indes scheiterte der Versuch, die Grube zu verlassen, an der glitschigen, weißen Masse, die ihm unter den Füßen wegrutschte.

Wo er denn hinwolle, fragte die Leiche. Sie hatte einen langen, weißen Bart bekommen und ähnelte einem alten Bekannten. Zunächst hatte Friedlich an den lieben Gott, Karl Marx oder den Nikolaus gedacht, aber bei näherem Hinschauen war es Amadeus Müller. Der verhungerte Kollege von dem Kongress! Er nahm einen Nadelstreifenanzug aus dem Sarg und zog ihn an. Dann klopfte er sich den Staub aus den Haaren und kämmte sich. Friedlich starrte ihn entgeistert an. Die Sprachlosigkeit kam dem Alten gut zupass. So treffe man sich wieder. Das sei auch recht schön, denn jetzt müsse man sich mal ernsthaft miteinander unterhalten.

Wie Frau Korschinsky sich das Problem des dicken Mannes anhören musste und was sie dazu sagte

Neben Herta saß ein dicker Mann in einem großen, schwarzen Schwimmreifen auf dem Wasser und lächelte sie an. Wie sie sich denn, kurz gesagt, fühle. Früher, wenn ihr jemand diese Frage stellte, wusste Herta stundenlang über die Unvollkommenheiten ihres geschundenen Leibes zu berichten, konnte die speziellen Probleme jeder einzelnen Körperregion aufzählen, ihre Schmerzen in verschiedenen Klassifikationen notfalls tabellenartig darstellen, alle Medikamente auflisten, die ihr vom ersten Lebensjahr an verschrieben wurden, sowie deren jeweilige Nebenwirkungen detailliert beschreiben. „Wie fühlen wir uns denn heute," das war für Herta keine Frage, das war ein Schlüsselreiz zur Abspulung ihrer Krankengeschichte. Daher zuckte sie innerlich zusammen, als sie sich sagen hörte, och, es gehe ihr eigentlich ganz gut.

Das sei schön, sagte der dicke Mann, dafür gehe es ihm aber sehr schlecht. Klar, dachte Herta, wer so fett sei, der könne sich ja unmöglich wohl fühlen. Früher hatte sie, obwohl selbst nicht schlank, dicke Menschen rundweg abgelehnt. Die Figurprobleme ihres Mannes etwa waren nur geringfügig und bewegten sich innerhalb der Toleranzgrenzen seiner kulturellen, sozialen und biologischen Zugehörigkeit. Doch selbst Hermann fand vor Hertas harten ästhetischen Maßstäben keine Gnade. Oft, wenn sie allein waren, nannte sie ihn „Wampenwicht" oder „Wanderkugel". Zuweilen stand sie vor dem Spiegel und beschimpfte sich selbst als „Fettfratze", „aufgedunsene Krötenfresse" oder „wandelnde Speckwucherung". Ihre Versuche, sich heimlich das Fett abzusaugen, scheiterten an der mangelnden Wattstärke ihres Staubsaugers. Doch die Narben, die sie bei solchen Operationen davontrug, betrachtete sie als Ehrenmale ihres

Kampfes gegen die Unförmigkeit. Nach ihrem Ermessen hatten nur Schwangere und Schweine das Recht, dick zu sein, wobei sie keines von beiden im Badeanzug sehen wollte.

Der Dicke schaute auf die Uhr. Ob sie sich nicht sein Problem anhören wolle. Nein, das wollte sie eigentlich nicht. Sie hatte mit ihren eigenen Problemen genug zu kämpfen. Da sie aber derartige Fragen von sich selbst kannte und nur zu gut wusste, dass sie dem zu erwartenden Leidensbericht auf keinen Fall entkommen konnte, forderte sie ihn mit leicht ironischem Unterton auf, frisch von der Leber weg zu erzählen, wo der Schuh denn drücke.

Es habe mit ihr zu tun. Das ganze Malheur sei, das müsse er leider sagen, in gewisser Weise ihre Schuld. Auf die Klärung einer Schuldfrage wollte sich Herta nun aber nicht einlassen. Sein Übergewicht tue ihr wahnsinnig leid. Das sei eine schlimme Sache. Aber er möge bitte nicht sie dafür verantwortlich machen! Sie solle ihn doch erst einmal ausreden lassen! Ob sie sich erinnere, dass Sie kürzlich mit etwas Haarigem in Kontakt gekommen sei.

Herta wusste nicht, was das alles sollte. Ob das noch zur Show gehöre. Ob irgendwo eine Kamera versteckt sei. Nichts dergleichen! Man habe die Show kurzfristig unterbrechen müssen. Es seien, kurz gesagt, schwere Komplikationen aufgetreten, die eine sofortige Behandlung erforderlich machten. Tatsächlich rechnete Herta schon die ganze Zeit mit so etwas. All der Nebel und das viele grüne Wasser, das roch verdächtig nach Therapie. Der dicke Mann war demnach ihr neuer Therapeut. Aber was sollte die Geschichte mit seinem Problem? Therapeuten haben keine Probleme, sie machen welche. War das ein Ablenkungsmanöver?

Der Dicke wurde nervös. Es werde höchste Zeit. Das Problem sei, kurz gesagt, ein winziges Detail vom Kopf dieses grauenvollen Sängers. Herta war empört. Er solle gefälligst Bernd Rüdiger aus dem Spiel lassen. Bernd Rüdiger, genau, das sei sein Name. Ein auffällig alberner Name! Durch unglückliche Umstände sei das Haarteil dieses akustischen Super-GAUs bei Herta gelandet. Herta stellte sich bockig. Das sei kein Grund zur Eifersucht. Bei seiner Figur könne er mit Bernd Rüdiger ohnehin nicht konkurrieren. Im übrigen gehe ihn die Sache mit Bernd und ihr überhaupt gar nichts an. Er wollte, es wäre so. Aber in dem fatalen Haarteil habe sich etwas befunden, von dem sie keine Ahnung habe, etwas, das nun ausgerechnet sehr, sehr wichtig sei, und zwar nicht nur für ihn allein, sondern in aller Bescheidenheit für das ganze Universum. Und was das denn bitteschön gewesen sein soll?! Eine Anomalie! Eine was? Eine Anomalie, genauer gesagt eine Hauptanomalie. Und für die sei er nun einmal zuständig. Er sei nämlich Anomalienwart und müsse darauf aufpassen.

Herta war erstaunt, dass ein offensichtlicher Kassentherapeut von sich aus behauptete, er sei persönlich für etwas zuständig. Doch es widerstrebte ihrer ganzer Persönlichkeit, sich auf derart abstruses Medizinerdeutsch einzulassen. Vorsichtshalber versuchte sie es mit einem Ablenkungsmanöver. Er brauche sich wegen dieser Sache keine Sorgen zu machen. Mit Epedemien kenne sie sich bestens aus, und von so einer habe sie noch nie etwas gehört. Er könne ganz beruhigt in die Kantine paddeln und sich gehörig einen hinter die Binde kippen. Das beruhige, und dann sehe die Welt auch gleich ganz anders aus.

Das Gesicht des dicken Mannes verdunkelte sich. Auf seine Stirne traten tiefe, wulstige Sorgenfalten. Sie habe wohl gar keine Ahnung, worum es in Wirklichkeit gehe. Mit ihrer kleinlichen Art bringe sie die ganze Welt in Gefahr, und er müsse ihr jetzt mal dringend etwas erklären. Das Universum arbeite, kurz gesagt, mit einem intervallgepufferten Raum/Zeit-Kontinuum. Diese Technik habe einen großen Vorteil: Sie sei billig. Aber leider auch extrem störanfällig. Damit die Konstruktion einer linear verlaufenden Existenz überhaupt funktioniere, seien ausreichend Anomalien notwendig. Sie kenne ja den Spruch: Die Ausnahme bestätigt die Regel. Kurz gesagt gebe es etliche Gigamilliarden von Anomalien. Davon aber nur drei Hauptanomalien. Und die befänden sich ausgerechnet alle in Hertas unmittelbarer Umgebung. Was, wenn sie einmal genau darüber nachdenke, auch einiges andere erkläre. Insbesondere diese unangenehme Häufung sekundärer Anomalien wie Herta selbst, die der anderen Menschen, Tiere und Pflanzen auf dem Planeten. All das sei, kurz gesagt, nichts weiter als eine lästige Begleiterscheinung. Schwer zu kontrollieren, aber eben zwingend für den Betrieb eines solchen Universums. Was aber nun Herta mit ihrem unbedachten Befingern des Rüdigerschen Haarersatzes ausgelöst habe, sei, kurz gesagt, die Zerstörung der kosmischen Existenz auf sublogischer Ebene.

Die gebeutelte Patientin fand diese Art der Therapie vollkommen bescheuert. Sie verstehe kein Wort und halte das auch für besser so. Wenn er etwas an ihr auszusetzen habe, solle er es gefälligst klar und deutlich sagen und sie nicht so verklausuliert als Begleiterscheinung beschimpfen. Wie erbärmlich! Aber nein, darum gehe es doch gar nicht, sie solle sich doch bloß nicht gleich persönlich angegriffen fühlen. Um das Toupet gehe es. Das versuche er ihr die ganze Zeit zu erklären. Es habe sich darin etwas absolut Anormales befunden, eine Hauptanomalie eben: ein unbewegliches Atom. Es habe von Anbeginn des Universums keinen Mucks getan. Aber nun habe Herta, kurz gesagt, so heftig daran herum gerieben, dass es sich magnetisiert habe und seitdem wie verrückt rotiere. Deswegen habe man die Zeit kurzfristig abschalten müssen.

Herta verstand weiterhin nur Bahnhof. Sie bestritt, überhaupt je ein Atom in der Hand gehabt zu haben! Der dicke Mann wurde in der Zwischenzeit immer dicker. Er erinnerte fast an ein Nilpferd. Panikartig versuchte er, ihr die Welt doch noch schnell zu erklären, bevor alles zu spät sei. Besagtes Atom sei in Bernd Rüdigers Haaren versteckt gewesen, und hätte sie nicht wie ein Berserker darauf herum gestreichelt, dann hätte es sich bis in alle Ewigkeit nicht bewegt, Hertas Brüste wären nicht gewachsen, die Dimensionengrenze nicht verrutscht und diese ganze Unterhaltung überflüssig. Herta kam ins Grübeln. Die Anspielung auf ihre Brüste war vermutlich der Schlüssel für den ganzen Zinnober. Der Mann nahm vermutlich an, sie habe deswegen Komplexe. Wie lächerlich!

Hermann hatte ihren Busen von Beginn an zu klein gefunden, ihren Mund zu groß und ihren restlichen Körper zu unspezifisch. Diese Mängelliste, die er bereits im ersten Liebesbrief begann und später kontinuierlich vervollständigte, war für Herta der ausschlaggebende Grund, den illusionslosen Beamten zu heiraten. Sie war inzwischen aber über diese Phase hinweg. Bloßstellungen ihrer körperlichen und geistigen Unvollkommenheiten konnten sie nicht mehr beeindrucken. All das war ja doch zu offensichtlich, und er brauche sie bitte deswegen jetzt nicht mehr zu therapieren. Der dicke Mann lief rot an. Er hatte nun den Durchmesser einer Imbiss-budenlängsseite.

Dies sei keine Therapie! Er sage es Ihr zum letzten Mal: Die Zeit sei stillgelegt worden! Und das betreffe den ganzen Kosmos, alles, vom kleinsten Toaster bis zur Drehung der Planeten! Und wenn sie das nicht ganz schnell in Ihren Schädel bekomme, könne sie ihr ganzes verdammtes Universum in die gelbe Tonne werfen! Zum Teufel nochmal! Er solle gefälligst nicht fluchen! Was ihm denn übrig bleibe. Er stehe schließlich unmittelbar vor dem Zerplatzen.

Widerstrebend lenkte Herta ein. Noch kein echter Therapeut hatte ihr erklärt, irgendetwas sei keine Therapie. Vielleicht war an seiner aberwitzigen Geschichte ja etwas dran. Gut, er solle ihr mal erzählen, wie sie ihm bei seinem Problem helfen könne. Das sei einfach. Seine Position sei die eines temporalen Instandsetzungsmeisters. Sie könne ihn aber gern auch als Zeit-flickschuster bezeichnen, kurz als Zeitflicker.

Die Sache laufe folgendermaßen ab: Er werde die Zeit ein paar Stunden zurückdrehen und sie noch einmal in das Konzert setzen. Bernd Rüdiger werde all seine perfiden Attacken auf die Sangeskunst wiederholen, er werde genauso alkoholisiert sein, und aller Voraussicht nach werde er sein Toupet auch wieder genau in ihren Schoß kicken. Aber diesmal dürfe sie es praktisch gar nicht berühren und auf keinen Fall streicheln. Nur so sei es, kurz gesagt, möglich, das Universum in letzter Sekunde doch noch zu retten. Was er mit „in letzter Sekunde" meine. Er habe doch behauptet, die Zeit sei stillgelegt! Sie solle nicht spitzfindig werden! Man habe die Zeit angehalten, um den Fehler zu reparieren. Währenddessen laufe aber eine Art Notzeit, damit sich die Unterbrechung nicht auf die anderen Universen ausbreite. Leider halte so eine Notzeit nur für eine kurze Weile, maximal vierundzwanzig Stunden. Dann müsse man die kaputte Echtzeit erneuert haben. Dazu werde die defekte Zeit sozusagen runderneuert - was übrigens auch nur begrenzt möglich sei. Die reparierte Zeit werde anschließend in das Kontinuum eingefügt, sorgfältig verklebt und ergebe so eine neue Echtzeit, nach der abschließend alle Uhren neu eingestellt würden. Danach sei nur noch ein offizieller Bericht an die Suprazeit fällig, der übliche Papierkram halt. Sie solle ihn bitte nicht so verdutzt anschauen.

Langsam war der Dicke der Verzweiflung nahe. Anscheinend hatte Herta noch immer nichts kapiert. Tatsächlich aber hatte sie genug verstanden, um eine Entscheidung zu fällen. Nein, dabei mache sie nicht mit!

Was?!! Das sei doch völlig unmöglich! Sie weigere sich allen Ernstes, das Universum zu retten? Genau so sei es. Aber wieso? Der dicke Mann war äußerst erregt. Er waberte am ganzen scheunengroßen Leib. Herta fasste zusammen, was sie von all dem begriffen hatte. Sie müsse als erstes zurück in die Klinik. Da dann dürfe sie noch mal ins Konzert, und Bernd werde ihr noch mal seine Haare in den Schoß werfen. Genau! Die aber dürfe sie nicht anfassen. Dadurch wiederum wüchsen ihre Brüste nicht, Bernd käme nicht zu ihr und sie fiele nicht in dieses paradiesische Schwimmbecken. Dafür würde sie ihr Leben stinknormal weiterleben können wie zuvor. Der dicke Mann freute sich, dass Herta endlich den ganzen Plan begriffen hatte. Ja, das habe sie allerdings begriffen, und genau deswegen spiele sie dabei nicht mit. Sie sei ja schließlich nicht auf den Kopf gefallen! Das einzige tolle Erlebnis, das sie im Leben gehabt habe, das mache sie sich doch nicht wegen eines fetten Zeitflickers kaputt. Und wenn die Welt dabei draufgehe, umso besser. Ende gut, alles gut!

Der Reifen des dicken Mannes platzte. Der gigantische Körper sank in die Tiefe. Erst, als das Wasser seinen Hals erreicht hatte, setzte er mit den Füßen irgendwo unten auf. Das dürfe doch nicht ihr Ernst sein. Wie sie nur so egoistisch sein könne. Ob sie denn kein Herz für ihre Mitmenschen habe. Für die Kinder. Die Tiere. Die Blumen, die Vögel und all das. Herta lehnte es schlichtweg ab, sich auf diese billige Mitleidstour einzulassen. Schließlich hatte der Dicke ihr selbst vor ein paar Minuten noch erklärt, dieses ganze lebendige Zeug sei ebenso anormal wie unerwünscht. Mit Nebenwirkungen kannte sie sich aus. Sie hatte ihn auf dem falschen Fuß erwischt. Sie sah, wie er unter Wasser noch weiter wuchs.

Na gut, sie habe gewonnen! Sie mache es nicht umsonst, dafür habe er Verständnis. Dann mache er ihr eben ein Angebot. Er werde ihr Aussehen und ihr Gedächtnis so verändern, dass sie mit Ihrem Leben vollkommen glücklich sein werde. Sie werde eine Schönheit gewesen sein und selbst im Alter noch gut aussehen. Gesund bis auf die Knochen! Er verbessere sogar ihren Intellekt. Sie werde jede Menge Bildung besitzen, feine Manieren, Charme und alles, was ihr bislang abging. Sie werde sich an wunderschöne Zeiten erinnern, viele Freunde und einen intelligenten, wunderschönen Mann gehabt haben. Das sei, kurz gesagt, das Beste, was er ihr anbieten könne, und sie solle sich umgehend entscheiden. Sie zögerte. Ob sie nun einen schönen Mann und nette Freunde habe oder nicht. Sie werde sich an sie erinnern. In liebendem Angedenken. Das müsse doch genügen! Mehr könne er nicht tun. Eine schöne Erinnerung ans Leben, das sei im Prinzip genauso gut wie ein schönes Leben selbst.

Herta atmete tief durch und lehnte dankend ab. Der Vorschlag sei lieb gemeint, aber mit künstlichen Erinnerungen käme sie sich unter'm Strich betrachtet veräppelt vor. Außerdem wisse sie ja gar nicht, ob ihr die neuen Erinnerungen wirklich gefielen. Aber das sei das Äußerste, und sie müsse diesen Vorschlag akzeptieren, ob sie wolle oder nicht! Der dicke Mann platzte buchstäblich vor Wut. Unter der Wasseroberfläche brodelte es, als sei ein Vulkan ausgebrochen. Der Dicke schaute erschrocken an sich hinunter. Um ihn herum bebte das Wasser, und es entstand eine gewaltige Flutwelle, die Herta mit sich riss. Ein bordeauxroter Kopf brüllte ihr nach, sie werde schon sehen, was sie davon habe. Dann verschwand er in einem riesigen Wasserkrater.

Wie Friedrich von der Leiche gedemütigt wurde und warum er sich das nicht gefallen ließ

Friedlich war vollkommen paralysiert, während Amadeus Müllers sterbliche Überreste auf ihn einredeten. Die Leiche war sehr erregt, fuchtelte und spuckte in der Gegend herum. Inhaltlich bekam Friedlich nichts mit. Bis Müller ihm eine Ohrfeige verpasste. Ob er ihm überhaupt zugehört habe. Friedlich druckste herum. All dies sei doch so sonderbar. Er lächelte die Leiche unverbindlich an - eine Strategie, die er wohl schon tausendmal im beruflichen Alltag erprobt hatte. Doch schon kassierte er die zweite Ohrfeige, die ihn zu Boden streckte. Ein Mistkäfer sei er und werde sich nicht schon wieder um seine Verantwortung drücken! Er werde tun, was man ihm sage! Hellhörig geworden, erkundigte sich Friedlich, worum es sich dabei denn ganz genau handle. Herrgott, es handle sich zum abertausendsten Mal darum, dass er nicht einfach in die Weltgeschichte urinieren könne, wie es ihm gefalle! Ein inkontinentes Kontiuumschwein sei er, und ob er überhaupt mal an die Konsequenzen gedacht habe.

Es war Friedlich höchst peinlich, auf diese Weise mit seinem alten Handicap konfrontiert zu werden. Sicherlich sei eine medizinische Behandlung seines hyperaktiven Entschlackungsapparates längst fällig. Er fände sich auch zu einem Austausch bereit. Aber im Moment könne er sich für seinen Zustand, besonders den seiner Hose, nur entschuldigen. Er achte im normalen Leben sehr darauf, seine Notdurft nicht ausgerechnet auf die eigene Kleidung zu verrichten, und er wolle sich ganz bestimmt umziehen, so rasch, wie es möglich sei. Wenn aber oder ...

Er solle sofort schweigen! Seine Hose sei so was von zweitrangig! Er rede von der Anomalie, von der kaputten Hauptanomalie.

Diese Leiche hatte eine Ausdrucksweise am Leib! Obgleich äußerlich ganz anders gebaut, erinnerte sie ihn an seine Mutter. Also verhielt sich Friedlich auch exakt so, wie er es bei ihr getan hätte. Er gab seinen Fehler unumwunden zu, versprach, es nie wieder zu tun, und bat als einzige Gnade um eine kurze Mitteilung, was er denn genau falsch gemacht habe. Und ganz wie seine Mutter geriet Müller nun vollends außer Kontrolle.

Was er sich denn eigentlich einbilde?! Ob er ihn verarschen wolle? Ob er ihm denn nicht eben erklärt habe, was für eine völlig debile Tat er begangen habe. Er habe eine kosmische Hauptanomalie kaputt gepinkelt.

Da war wieder dieses seltsame Wort. Anomalie! Friedlich fand dieses Wort irgendwie toll und wollte es gerne in eine politische Rede einbauen. Dazu bat er um eine knappe Erklärung der Wortbedeutung, da er es bislang nur selten gehört habe.

Er habe ihm die Sache mit den kosmischen Anomalien erklärt! Lang und breit! Und er verlange von ihm, dass er die Sache wieder in Ordnung bringe.

Der Tote packte den Sargdeckel und schlug ihn vor Wut in Stücke. Soviel Kraft hätte Friedlich dem alten Knochengerüst gar nicht zugetraut. Gerne wolle er alles wieder in Ruhe und Ordnung bringen, was sich derzeit in Unordnung befinde. Da aber seine eigene Lage im Präsens aller Ordnung ganz erschütternd entbehre, könne er keine unmittelbare Erfolgsgarantie im Rahmen seiner Geschäftsbedingungen gewährleisten.

So einen unterirdischen Amphibienintellekt habe es in den letzten zehntausend Millionen Jahren nicht gegeben. Die Zeit sei stillgelegt worden! Da seien keine Geschäftsbedingungen mehr gültig, und er sei ein verwurmtes Stück Biomüll! Ob er denn vielleicht meine, jeder könne nach Belieben aufs Raum/Zeit-Kontinuum pissen? Wofür er sich halte? Für die einzige real urinierende Daseinsform im Universum, oder was?!

Natürlich, es hatte ja so enden müssen. Mit einem „oder was"! Genau wie seine Mutter! Es nahm ihn nur wunder, dass dieser Müller ihn nicht mit dem Teppich-klopfer verprügelte. Doch schon hatte die Leiche einen Teil des Sargdeckels in der Hand und schlug ihm damit auf den Kopf.

Was denn los sei mit ihm? Ein Eiszapfen mitten im Sommer, und er pinkele einfach drauf! Ob er blöd sei, oder was?!

Während die Leiche auf seinen Schädel eindrosch, zogen an Friedlichs geistigem Auge all die Demütigun-gen vorbei, die er im Lauf seines Lebens erdulden muss-te. Angefangen von den erbarmungslosen Bestrafungen im Sandkasten bis hin zu der barbarischen Attacke während des letztjährigen Vertreterkongresses, als seine Mutter wutschnaubend in den Saal stürmte, weil er ver-gessen hatte, den Toilettendeckel offen zu lassen. Als nach einer Viertelsekunde sein ganzes Leben an ihm vorbeigezogen war, riss er dem überraschten Müller das Sargdeckelfragment aus der Hand, gerade als dieser er-neut zuschlagen wollte. In seinem Zorn war der Tote um weitere Jahrzehnte gealtert. Er sah nun aus wie etwa hundertfünfzig.

Friedlich hatte einen wilden, entschlossenen Ausdruck in den Augen. Die Grenze sei erreicht. Die Zeit des Widerstandes sei gekommen. Leicht hätte er den cholerischen Kollegen mit einem einzigen Schlag zurück in seinen Sarg befördern können. Doch er scheute sich, Leichen zu schlagen. So schien ihm eine feurige, politische Grundsatzrede das geeignete Mittel, etwas mehr Klarheit in diese Situation zu bringen.

„Sehr geehrter Herr Müller, meine Damen und Herren! Der Damenstrumpf hält, je nach Material, nur solange, bis er reißt. Und wenn er reißt, dann gnade ihm Gott!"

Was Schlimmeres gebe es gar nicht! Er hoffe, an dieser Stelle endlich einmal richtig verstanden worden zu sein! ODER WAS?!

Damit hatte er seine Position unmissverständlich deutlich gemacht. Er legte die Sargdeckelplanke quer über den Eingang zur Grube und zog sich daran hoch. Es solle dableiben, gefälligst. Der alte Zombie krächzte mit zittriger Stimme hinter ihm her. Beim Versuch, Friedlich zu verfolgen, rutschte er aus und schlug der

Länge nach in seinen Sarg. Vom Grabesrand aus beobachtete Friedlich, wie der Kollege in Sekundenschnelle Haare, Augen und Ohren verlor und schließlich wieder ganz zu jenem Skelett abmagerte, als das er ihn gefunden hatte - abgesehen vom Gebiss, das nun fest in seinem Rachen klebte. Dabei wollte es Friedlich belassen. Er nahm seinen Universalkoffer und schaufelte das Grab schnell damit zu.

Wie Frau Korschinsky von einem Kardinal beschimpft und von Wellensittichen angegriffen wurde und was ihr dabei in den Sinn kam

Nach der Explosion waren rund um Herta riesige Wasserfontänen aufgestiegen, die in allen Regenbogenfarben leuchteten. Es sah aus wie ein bunter Wasserwald. Herta hatte es aufgegeben, sich zu wundern. Aber sie überlegte, wer diese Späßchen bezahlen sollte. Die Krankenkasse hatte für so etwas bestimmt kein Geld. Das empor sprudelnde Wasser verschwand, allen physikalischen Regeln spottend, einfach im Himmel. So leerte sich allmählich der Ozean, bis Herta schließlich auf einem sauber gepflegten, kurz geschnittenen Rasen saß, inmitten einer idyllischen Landschaft. Das Wasser zog sich noch weiter zurück, und nach kurzer Zeit blieb davon nur ein türkis schimmernder See übrig. Der Nebel hob sich darüber wie ein glitzernder Schleier und verschwand hinter den letzten Fontänen in der Höhe. Am Horizont schob sich eine orangefarben flackernde Sonne empor. Ein angenehm kühler Wind verbreitete in der Weite des Morgens einen süßen Duft nach Lavendel. Diese Notzeit, dachte Herta, ist gar nicht übel.

Aber trotz der schönen Aussicht kam sie sich verloren vor. Auf eine Krankenschwester zu warten, hatte vermutlich keinen Sinn. Wozu auch? In ihrer Situation wäre ihr nicht einmal der Oberarzt ein echter Trost gewesen. Ihre Weigerung, das Universum zu retten, musste so oder so Konsequenzen nach sich ziehen. Im Paradies würde man sie wohl kaum dulden.

Früher hatte sie nicht einmal an Wiederbelebung geglaubt. Und jetzt hoffte sie, möglichst schnell über den endgültigen Verbleib ihrer Seele informiert zu werden. Es lag ihr zumindest nichts daran, noch lange auf dem nassen Gras zu hocken, ganz ohne Abendbrot, ohne Frühstück oder ähnliche Orientierungspunkte. Dass die gegenwärtige Zeit nicht ewig dauern würde, hatte sie begriffen, voraussichtlich nicht einmal viel länger als 24 Stunden. Da das Ende also relativ nah war, wäre es sicherlich angebracht gewesen, sich irgendwie moralisch darauf vorzubereiten. Doch sie wusste nicht, an was sie zuerst denken sollte. An ihr Leben? An Gott? An Bernd Rüdiger?

Er hatte sie bei ihrer letzten Begegnung nicht gerade auf die feine Art behandelt. Genau genommen hatte er sie gar nicht beachtet. Aber dennoch war sie um sein Schicksal besorgt. Wenn er nun auch hier irgendwo herumhockte und auf das Ende wartete? Ob es wohl möglich war, das Universum insgesamt nicht zu retten, mit Bernd aber eine Ausnahme zu machen? Und ob ihm eine solche Ausnahme-Existenz überhaupt gefallen würde - so ganz ohne sein Publikum? Während Herta angestrengt nachdachte, wurde sie plötzlich von einem harten Gegenstand am Kopf getroffen. Sie fiel um. Vor ihren Augen hüpfte ein kleiner, weißer Ball auf den Rasen.

Holla, was sie denn da auf dem Loch treibe. Das sei privat, hier. Jemand kam rasch näher. Herta rief unwillkürlich nach Bernd. Doch was sich da drohend vor sie hinstellte, war alles andere als Bernd. Es sah aus wie eine skurrile Mischung aus Dieter Bohlen und dem Papst. Tatsächlich war es ein zorniger Kardinal in einem üppig verzierten, rot-goldenen Talar, gefolgt von einem nervös blinzelnden Messdiener mit einem kleinen Wagen voll hell glänzender Golfschläger.

Was ihr denn einfalle, sich hier genau auf's Loch zu setzen? Ohne sie hätte er eben mit einem einzigen Schlag eingelocht. Sie solle wenigstens jetzt mal zur Seite gehen! Ihr Picknick könne sie wirklich woanders machen! Als ob hier nicht genug Platz wäre! Oder ob sie meine, die kleinen Fähnchen stünden nur so zu Dekoration in der Gegend?

Unausgesetzt schimpfend nahm der hohe Geistliche einen Schläger und stellte sich damit vor den Ball. Herta robbte sich, so schnell sie konnte, zur Seite. Tatsächlich steckte neben ihr ein Wimpel im Boden. In Anbetracht der Umstände schien es ihr folgerichtig, in dieser eigenartigen Begegnung ein Zeichen Gottes zu vermuten. Vielleicht hätte sie gleich daran denken sollen, dass der Schöpfer des Universums dessen Auflösung nicht so einfach hinnehmen würde?! Zum ersten Mal im Leben konnte sie etwas mit dem Wort „Gottesfurcht" anfangen. Sicher hatte sie irgendeine schlimme Strafe zu erwarten, zumindest schwere Vorwürfe.

Beim Einlochen hatte der Kardinal kein Glück. Nachdem er es auch beim zehnten Versuch nicht geschafft hatte, grummelte er etwas recht Unfrommes in den Bart und steckte den Schläger in die Tasche. Dann wurde er versöhnlicher und nannte sie sogar sein liebes Kind. Einige seiner Clubkameraden würden das sicher anders sehen, aber von ihm aus dürfe sie den Platz ruhig betreten. Aber erst, sobald der Rasen wieder trocken sei. Das sei nun einmal besser für das Gras. Nur von seinen Löchern solle sie sich bitte fern halten. Das sei auch im Interesse ihrer eigenen Sicherheit. Und nun auf zum nächsten Loch!

Der Messdiener blinzelte Herta noch verlegen an, dann rannte er seinem geschäftig davoneilenden Herrn nach und tippte ihm auf die Schulter. Die wichtigste Sache hatte der Würdenträger nämlich vergessen. Er wandte sich noch einmal um und teilte Herta sehr förmlich mit, ihre Mitarbeit bei der bevorstehenden Temporalkorrektur sei unbedingt vonnöten. Eine Weigerung werde als aggressiver Akt aufgefasst und entsprechend bestraft. Die Bestrafung könne sich übrigens, Notzeit hin, Notzeit her, über eine ganze Ewigkeit erstrecken. Und damit sei's genug, er wolle nun golfen.

Herta lief dem rastlosen Pärchen nach. Es sei doch unmöglich, sie hier alleine sitzen zu lassen, und er könne ihr wenigstens mal die Beichte abnehmen oder so etwas. Doch der Kardinal hatte schon den nächsten Ball geschlagen und raste ihm aufgeregt hinterher. Auf jedem Hügel tänzelte er um die dort aufgestellten Wimpel und versuchte verzweifelt einzulochen. Mit Müh und Not holte Herta ihn beinahe ein. Doch immer wenn sie gerade in Rufweite war, rannte er weiter. Der Verfolgungsversuch erwies sich bald als aussichtslos. Obzwar sie die körperliche Leistungskraft des Gottesmannes bewunderte, war Herta durch sein Verhalten zutiefst irritiert. Wenn Gott sie bestrafen wollte, dann musste er doch wenigstens dafür sorgen, dass sie anständig beichten konnte.

Sie rätselte, ob sich vielleicht eine symbolische Bedeutung hinter diesem Erlebnis verbarg. Golf war ihr als Sport ja an sich ein Begriff. Als sie zwölf war, hatte sie einmal Mini-Golf gespielt, sich dabei aber so ungeschickt angestellt, dass sie sich vor künftigen Blamagen durch ein Gelübde geschützt hatte. Ob hier ein Zusammenhang bestand?

Sie überlegte, ob sie doch öfter hätte Golf spielen sollen, ob Gott sich ihr im Golfen vielleicht offenbart hätte. Jene jugendliche Entscheidung gegen das Mini-Golf schien ihr nun der größte Fehler ihres Lebens. Hätte sie sich der Herausforderung gestellt, hätte sie den Golfschläger entschlossen angepackt und mit dem Schweiß der Tüchtigen getränkt, so wäre sie gewiss eine Mini-Golf-Prinzessin geworden. Die Mini-Golf-Königin Deutschlands, oder sogar der Welt. Mini-Golf hätte ihrem Leben genau den Sinn gegeben, den sie darin bislang nicht erkennen konnte. Der Sport hätte ihre Haut gestrafft und ihr die unwiderstehliche Aura der Siegerin verliehen, von den Männern umschwärmt und von der Industrie gesponsert. Sie hätte nicht zur Miete wohnen und Hermanns modrigen Atem ertragen müssen. Stattdessen hätte sie sich ein eigenes Einfamilieneigenheim mit einem eigenen Golfplatz im eigenen Garten leisten können, über dem knisternden Kamin hätte ein Golfschläger aus reinem Gold geprangt und davor hätte sich Bernd Rüdiger nackt auf einem Rasenteppich geräkelt. Ihr Leben wäre eine Hymne auf den Golfsport und die Schlagerkunst geworden. War es das, was Gott ihr mitteilen wollte?

Während sie so dasaß und bereute, begannen ihre Füße zu schmerzen. Nach der langen Lauferei war das kein Wunder. Doch selbst mit äußerster Anstrengung gelang es ihr nicht, ihre Schuhe auszuziehen. Der Druck der geschwollenen Füße war zu groß. Die Haut presste sich mit aller Macht gegen die Nähte und fing an zu bluten. Die Fußknochen knirschten vernehmlich. Herta hielt es vor Schmerz kaum aus. Ihr wurde schwarz vor Augen. Mit einem lauten Knall gab das Leder schließlich nach, und ihre Füße quollen in die Freiheit. Herta war weniger geschockt als verärgert über diese neue Veränderung. Schon im Normalzustand fand sie ihre Füße zu groß. Nun waren sie um das Doppelte gewachsen und schwollen weiter an. Das wirklich Leidige an der Sache war aber, dass ihre Beine gleichzeitig kürzer wurden. Als sie bei Schuhgröße 165 angelangt war, betrug der Abstand zwischen der Hüfte und den Knien höchstens noch zehn Zentimeter. Die gigantischen Füße drückten gegeneinander und zwangen Herta zu einem grotesken Spagat auf den Innenkanten der Fußballen, während der ganze Rest ihrer Füße einfach nach oben gedrückt wurde. Der einzige Vorteil großer Füße, nämlich ein sicherer Stand, war damit hinfällig geworden. Sie verlor das Gleichgewicht und kippte um.

Ihre unangenehme Lage verschlimmerte sich noch durch einige verschlagen dreinblickende Wellensittiche, die sich unverhofft auf ihre Zehen hockten. Herta hasste Wellensittiche. Diese hässlichen Federbälle machten nur Krach und Unordnung. Und immer hatte sie den ganzen Dreck wegputzen müssen! Weil Hermann, der auf der Haltung eines Sittichs partout bestand, sich an dessen Pflege mit keinem Gedanken beteiligte! Während er im Büro war, musste sie den Käfig säubern und die zotigen Sprüche ertragen, die er dem dummen Vieh abends beibrachte. Und stets, wenn sie, wie zufällig, den Staubsauger zu nah am Gitter vorbeiführte, den Käfig durch einen kleinen Stups mit dem Teppichklopfer vom fünften Stock ins Parterre beförderte, im Spülbecken übermäßig flutete oder ein gründlich vorgeheiztes Bügeleisen auf die

Nervensäge nieder gleiten ließ, brachte ihr Hermann tags darauf einen neuen und noch größeren Schreihals mit und rief, stolz wie Oskar: Jetzt werde sie aber Augen machen! Unser Hansi sei wieder da!

Bislang hatte sich kein einziger Vogel, kein Wurm und kein Insekt in diesem Notzeitprogramm blicken lassen, und ausgerechnet jetzt pickten zehn verrückt gewordene, schreiende Sittiche auf ihre Zehen ein, als seien es Futternäpfe. Es kitzelte zum wahnsinnig werden, und Herta, die arme, wie immer und mehr denn je geplagte Herta, kam nicht an ihre Füße heran, um die Biester zu vertreiben. Sie warf ein paar Mal mit mühsam ertasteten Steinen nach ihnen, traf aber stets nur ihre eigenen Füße.

Sie schrie laut um Hilfe. Sie gebe auf, er habe gewonnen! Wo immer er sei, er solle aufhören! Sie rette sein blödes Universum! Ja, sie mache es! Er solle bloß mit diesem Unsinn aufhören, bitte! Bitte!!!

Doch ihr Flehen hatte keine direkte Wirkung. Im Gegenteil: Immer mehr Wellensittiche flatterten hysterisch um ihre Füße, hackten auf die blutenden Sohlen ein und versuchten, zwischen den Zehen zu nisten. Es war ein Alptraum! Sie wusste sich mit keinem Mittel zu helfen, als intensiv an etwas anderes zu denken. So hatte es einst ihr Vater ihr in einer ernsten Stunde beigebracht. Sie dachte an ihren Vater.

Außer Bernd und Hermann war er der einzige Mann in ihrem Leben gewesen. Sie dachte an ihre Kindheit und daran, dass sie sich ihren Eltern gegenüber zu Anfang körperlich sehr benachteiligt fühlte. Früh schon war ihr aufgefallen, dass ihr die Brüste fehlten, während Mutter und Vater welche hatten. Sie wurde dessen nur selten gewahr, da im Haushalt eine strenge Kleiderordnung herrschte. Doch zuweilen stand sie nachts auf und lief in der ganzen Wohnung umher, in der Diele, im Klo, in der Abstellkammer, wo sie die Vorräte ordnete und Verderbliches verzehrte.

Herta war eine Frau mit wenig Schlaf. Sie vermied es absichtlich zu schlafen, denn wenn sie schlief, träumte sie, und wenn sie träumte, dann war es ihr immer unangenehm. So ging sie lieber in der Wohnung spazieren. Eines Nachts geriet sie auf ihren Rundgängen ins Schlafzimmer der Eltern. Kaum hatte sie die Klinke berührt, schob sich die Tür wie von selbst beiseite. Die Straßenlaternen warfen ein unwirkliches Licht auf die Wände. Hoch reckte sich das Bett in der Mitte des Raumes empor. Die vier Pfosten reichten bis zur Decke, und zwischen ihnen wehten graue Schleier hin und her. Ein Duft nach Lavendel lag in der Luft. Eine schwarze Standuhr schlug die Zeit. Daneben war eine kleine Wandtür. Sie war fest verschlossen. Hertas Kopf reichte kaum an die obere Kante der Matratze heran. Da lagen ihr Vater und ihre Mutter auf grauen Laken ausgestreckt. Die Hände berührten sich, und die Gesichter waren einander zugewandt. Mit Staunen betrachtete Herta die dunklen Schatten auf ihren Körpern. Sie bemerkte, dass der Schnurrbart des Vaters fehlte. Der harte, misstrauische Ausdruck war ganz von seinem Gesicht gewichen, und die geschmeidigen Rundungen seines Körpers waren denen der Mutter fast gleich.

Alles war in Bewegung, die Gardinen an den Fenstern, die Lichter und die Schatten folgten einem gemeinsamen Rhythmus. Nur im Zentrum war Ruhe, ein sachtes, kaum wahrnehmbares Fließen des Atems. Als seien sie mit einem Mal aus der Welt gehoben, verströmten diese beiden Körper eine Magie, die Herta später nicht mehr fand. Im Ödland ihrer Tage war die Erinnerung an jenen Augenblick ihre Oase des Glücks und ihre Marter. In dieser Nacht schlief sie zwischen ihren Eltern ein und wurde von keinem Traum gestört. Doch am nächsten Morgen erwachte sie in ihrem eigenen Bett in der Küche. Der Vater saß mit dem gewohnten, harten Blick am Tisch und schlürfte seinen grauen Kaffee durch seinen grauen Schnurrbart.

Wie Friedrich nochmal pinkeln musste und weshalb ihm dabei eine geniale Erfindung glückte

Friedlichs Geist war von einem schweinsgroßen Wiener Schnitzel erfüllt. Außerdem hatte er unbändigen Durst. Das war in Anbetracht seines häufigen Wasserlassens nicht verwunderlich. Kaum hatte er die tyrannische Leiche wieder in ihre unterirdische Behausung eingeschlossen, da verspürte er den altbekannten Drang. Fast freute er sich, dass ihm in dieser unwirtlichen Einöde wenigstens eine Sache vertraut vorkam. Er hätte gerne auf den Grabhügel uriniert, schon als Zeichen seiner Verachtung, fühlte sich aber von dem darunter befindlichen Amadeus Müller irgendwie beobachtet. So schien es ihm vernünftiger, den Universalkoffer zum Einsatz zu bringen. Er öffnete ihn und hielt ihn mit beiden Händen vor seinem Körper fest. Nun war dies eine äußerst alberne und für einen Damenuntermodenvertreter unangemessene Haltung. Einmal als Nottoilette benutzt, wäre sein Koffer für den normalen Dienst unbrauchbar geworden. So klappte er ihn unverrichteter Dinge wieder zu, um nach einer besseren Lösung zu suchen.

Dieses Unterfangen erwies sich indes als schwierig. Im ganzen Umkreis gab es nichts, was seinem Harndrang ein angemessenes Ziel geboten hätte. Das einzige markante Gebilde im ganzen Umkreis war eben jener von ihm selbst geschaffene Grabhügel, und selbst dieser ging ihm nach kurzer Suche im Nebel unwiederbringlich verloren. So tat Friedlich das einzig Richtige in dieser Situation: Er schuf sich selbst unter meisterlicher Verwendung des Universalkoffers einen Urinierungshügel.

Da es hier um eine Sache ging, die ihm am Herzen lag, gab er sich besondere Mühe. Er konzipierte die Anlage mit einem Durchmesser von 12 Metern als Kegel, der sich mit einem Winkel von 45 Grad vollkommen regelmäßig zur 9 Meter hohen Spitze verjüngte. Er hätte einen Winkel von 75 Grad bei einer Höhe von 22 Metern bevorzugt, doch in Anbetracht der gebotenen Eile war er zu diesem Kompromiss bereit. Keine Abstriche machte er bei der Formschönheit der Spitze selbst. Mehrmals kletterte er nach vermeintlicher Beendigung des Werkes noch einmal hinauf, weil er von unten eine zu starke Neigung nach dieser oder jener Seite erkannte. Diese Genauigkeit hatte er sich während all der Weihnachtsfeste angewöhnt, bei denen er auf Befehl der Mutter stets tagelang Korrekturen am Neigungswinkel der Christbaumspitze vornehmen musste. Doch die notwendigen Instandsetzungsarbeiten nahm er gerne in Kauf. Schließlich ging es doch um sein Werk, seine Erfindung. Als er endlich mit der Form der Spitze zufrieden war, ging er an die Konstruktion einer Rinne. Sie durfte weder zu schmal, noch zu breit sein, damit der Urinator die Chance hatte, mit seinem Strahl den Kegel zu treffen. Da ihm kein anderes Messwerkzeug zur Verfügung stand, trennte er seinen rechten Sakkoärmel ab, der in etwa die gewünschte Länge hatte, und verwendete ihn als Maßband. Die aufgeschichteten Erdschollen bröckelten immer wieder von der steilen Wand ab, so dass Friedlich sein Vorhaben beinahe als gescheitert betrachtete. Doch während einer gewaltigen Urinalphantasie kam ihm zu Bewusstsein, wie wichtig ein Erfolg in dieser Angelegenheit für ihn war. Mit gestärktem Eifer drang er vom Rand der Rinne aus senkrecht in die Tiefe vor, um sich anschließend zum Sockel des Kegels hin in einer leichten Stufenform hochzuarbeiten. Er schachtete einen Graben aus und legte am östlichen Ende (wobei er willkürlich eine symbolische Richtung für Osten wählte) eine flache Rampe an, um die Rinne problemlos verlassen und mit neuem Baumaterial wieder betreten zu können. Jede Stufe entsprach in der Höhe der Länge seines Sakkoärmels. Gerne hätte er eine viel feinere Stufung verwirklicht, aber es wurde ihm hart genug, den Graben unter permanenter Harnverhaltung in der beschriebenen Weise zu vollenden.

Als die Rinne vollendet war, legte er rund um die äußere Kante eine kleine Sicherheitsschiene an, deren Querschnitt er sorgsam dem des Kegels anglich. Dann betrachtete er die Gesamtform. Er fand sein Werk so gelungen, dass er es nach seiner Rückkehr zum Patent anmelden und als neues Grundprinzip für öffentliche Bedürfnisanstalten vorschlagen wollte. Der Kegel durfte in der Serienproduktion natürlich nicht aus Schnee sein. Eine rostfreie Edelstahloberfläche schwebte ihm vor. Auch über die Hygiene machte er sich Gedanken: In regelmäßigen Abständen sollte eine automatische Spülung in Gang gesetzt werden; und zusätzlich müsste ein Kegelputzer die Anlage über ein spezielles, spiralförmiges Gerüst täglich auf Hochglanz bringen. Die Bewässerungsschlitze deutete Friedlich im Versuchsmodell durch Schneebälle an, denn sie sollten als Zielpunkte für den Benutzer eine doppelte Funktion erfüllen. Zuletzt dachte er sich noch einen passenden Namen für seine Erfindung aus: Friedlichs Urinatorium. Obwohl er nie ein passionierter Lateiner war, schien ihm dieser Name dem Geiste seines Werkes am besten zu entsprechen. Er war einladend und versprach dem Besucher neben der Erfüllung seines Bedürfnisses Entspannung und Regeneration in einem ästhetisch ansprechenden Ambiente. Fast hätte er vor Begeisterung den konkreten Anlass der Arbeit vergessen. Doch seine Blase meldete unmissverständlich, dass ihre Kapazitätsgrenzen erreicht waren. Er schritt zur Einweihung.

Wie Frau Korschinsky die Wellensittiche los wurde und weshalb sie verschwindend wenig über Sexualkunde wusste

Jemand rammte ihr unsanft seinen Ellenbogen in die Seite. Langsam gewann Herta die Orientierung zurück. Die Wellensittiche waren verschwunden. Einfach so! Ihre Beine und Füße sahen wieder normal aus. Aber von irgendwo kam fürchterlicher Lärm. Es war die Bühne. Sie befand sich im Konzertsaal ihrer Klinik. Eine Dame zu ihrer Linken beschwerte sich, ihr Schnarchen harmoniere nicht zur musikalischen Darbietung. Sie legte ihr nahe, den Saal zu verlassen. Ein älterer Herr, der direkt hinter Herta saß, widersprach dieser Beurteilung und brachte zum Ausdruck, er wäre froh, wenn er angesichts der Tragödie, die sich auf der Bühne abspiele, ebenfalls Schlaf fände.

Vor all den kranken Menschen stand Bernd Rüdiger und sang. Ein schrecklicher Verdacht stieg in Herta auf: War sie während des Konzertes eingeschlafen und hatte Bernd Rüdiger mit einem der dämlichsten Alpträume ihres Lebens eingetauscht? War ihr Unterbewusstsein zu einem solch gemeinen Vertrauensbruch fähig? Ähnliche Zweifel an ihrer Zurechnungsfähigkeit waren ihr bislang nur damals gekommen, als sie durch die Lektüre einer Illustrierten über den grundsätzlichen Unterschied zwischen Männern und Frauen informiert wurde. Sie war fünfundzwanzig und hatte schließlich doch ein Paar Brüste bekommen. Die sahen zwar aus wie zwei zusätzliche Nasen, aber immerhin. Nun hatte sie angenommen, dass sich durch dieses Merkmal Kinder von Erwachsenen unterscheiden. In der Illustrierten aber wurde die Behauptung aufgestellt, es handele sich um eine wichtige Unterscheidung zwischen Frauen und Männern. Diese beiden Theorien bekam Herta einfach nicht zusammen.

So schrieb sie einen langen Leserbrief, in dem sie die Irrtümer des Artikelschreibers aufzeigte und richtigstellte, zwischen Männern und Frauen bestehe körperlich nur der eine Unterschied, dass die Männer zeitweise zur Bartbildung neigten. Im übrigen bestünden verschiedene Gewohnheiten hinsichtlich der äußeren Aufmachung, der Haupthaartracht sowie der allgemeinen Verhaltensweisen. So sei die Frau gemeinhin für den Empfang von

Gästen verantwortlich, während der Mann sich mit einem Messer hinter der Wohnungstür verschanze, um dem Vordringen der Gäste in den Wohnbereich vorzubeugen. Sie belehrte das offensichtlich schlecht informierte Blatt über die falschen Erwartungshaltungen, die eine schlampige und unseriöse Berichterstattung bei jungen Menschen wecke. Und sie brachte ihre dringende Bitte um baldige Richtigstellung zum Ausdruck. Doch statt auf ihr Ansinnen einzugehen, verbreitete die Zeitschrift weiterhin ihre abstruse Theorie. Hertas Brief wurde ganz verstümmelt auf der Satire-Seite abgedruckt.

Noch außergewöhnlicher fand sie die Reaktion ihres Vaters. Als dieser den Leserbrief seiner Tochter an so abgelegener Stelle entdeckte, lachte er erst hell auf. Doch sowie er den Absender las, verdunkelten sich seine Züge, und schließlich machte er ein ganz und gar besorgtes Gesicht, aus dem er nach kurzer Bedenkpause den Bart entfernte. Es bedurfte nur einer kleinen Handbewegung, und der Bart war ab. Herta wusste nicht, wie ihr geschah. Er erklärte ihr, er sei in Wahrheit gar nicht ihr Vater, sondern mehr eine Art Tante. Die Mutter bestätigte dies unter Eid. Sie bleibe weiterhin uneingeschränkt ihre Mutter, der Vater aber sei ab sofort nur noch pro forma als Vater zu bezeichnen. Es gebe mancherlei Anomalien, und das sei eben eine. Weitere Gründe gab sie nicht an. Auch der einstige Vater konnte oder wollte sich nicht dazu äußern. Er sei nur froh, dass das Geheimnis jetzt heraus sei. Er trage es schon so lange mit sich herum und habe sich gewundert, warum Herta nie mit einer entsprechenden Frage aus dem Biologie-Unterricht nach Hause gekommen sei.

Herta entsprach nicht dem Idealbild einer guten Schülerin. Sofern sie sich Gedanken machte, schweifte sie damit ab und geriet auf merkwürdige, oft makabere Pfade. Bei Schularbeiten konnte es geschehen, dass sie von der Braunschen Röhre auf röhrenförmige Hinrichtungsmaschinen zu sprechen kam und in einer Apologie der kollektiven Selbstvernichtung endete. Den steuerbegünstigten Familiensuizid schlug sie wiederholt als freundlichste Lösung aller sozialen Probleme vor. Es gelang ihr, in eine Arbeit über Walther von der Vogelweide eine Ästhetik der körperlichen Züchtigung einzuflechten. Ihre radikalen Ansichten machten sie bei den meisten Lehrern unbeliebt. Und das obgleich sich manch einer von ihren Ideen inspirieren ließ. Was wiederum ihr Ansehen bei den Mitschülern stark beeinträchtigte. So stieß ihre Eingliederung in die menschliche Gesellschaft von Beginn an auf enge Grenzen. Als sie nun mit dem Zusammenbruch ihres mühsam erworbenen rudimentären Weltbildes konfrontiert wurde, erlahmte in ihr für einen langen Zeitraum jegliches wissenschaftliche Interesse an der Außenwelt. Erst viel später, als sie bei einem nächtlichen Rundgang zufällig ihren Mann Hermann nackt sah, erkannte sie, dass an der Illustrierten-Theorie wohl doch etwas dran war.

Wie Friedrich das Urinatorium einweihte und dabei unter Druck gesetzt wurde

Es war ein erhebender Moment, als er mit der Prozedur begann. Durch die allzu lange Verhaltung, vielleicht auch die Aufregung, wollte es zunächst gar nicht fließen, doch nach einer Weile kamen die ersten, zaghaften Tröpfchen, die sich zu einem leichten Sickern verdichteten, das bald stärker wurde, eine kraftvolle Farbe annahm und sich schließlich als ausgewachsener Strahl triumphal hinüber zum Kegel bog. Am Sockel perlte die Flüssigkeit ab und ergoss sich wie ein sprudelnder Brunnen über die Stufen in die Rinne. Friedlich war überwältigt. Es wurde ihm bewusst, etwas Großes geschaffen zu haben. Mit der Einschränkung freilich, dass der Neigungsgrad seines Kompromissmodells doch zu stark war. Es wäre besser gewesen, mit dem Körper dichter am Kegel zu stehen, um die Intimität des Vorgangs zu fördern. Aber es ging zur Not auch so.

Noch steigerte sich der Druck seines Strahls. Fast schien ihm, er könne die Spitze des Kegels damit erreichen, ja, übertreffen. Er konnte sich nicht erinnern, jemals so ausdauernd gepinkelt zu haben. Es wollte gar kein Ende nehmen.

Während er mit weiter zunehmendem Druck urinierte, bemerkte er eine kleine Gruppe Schaulustiger, die sich ihm näherte. So sehr er sich vor kurzem gewünscht hatte, jemand möge ihn entdecken und nach Hause führen, so sehr war ihm die Gegenwart anderer Menschen jetzt peinlich. Er versuchte, die Einweihungszeremonie zu beenden, musste aber mit Entsetzen feststellen, dass es nicht ging. Der mächtig aus ihm herausschießende Strahl ließ sich weder durch Einsatz des Willens noch Zuhalten oder Abknicken der Harnröhre stoppen.

Friedlich konnte unter diesen Umständen nicht einmal seinen Hosenlatz schließen. Verzweifelt presste er seine Beine zusammen und wartete auf ein Abebben des Strahles, der aber ganz im Gegenteil noch an Stärke zunahm und von Friedlichs aufgeregten Versuchen, sich den fremden Blicken zu entziehen, bald links, bald rechts am Kegel vorbeischoss. Indes machte es sich die kleine Gesellschaft auf mitgebrachten Klappstühlen bequem. Man setzte sich in einem Abstand von gut zwei Metern im Halbkreis um Friedlich herum und beschaute seine rekordverdächtige Harnabsonderung. Es kamen immer mehr Leute aus dem Nebel hinzu und bildeten weitere Sitzreihen. In der Masse entdeckte Friedlich einige seiner Nachbarn. Auch seine Friseuse war von Toten auferstanden, um hier dabei zu sein. Sie rief ihm zu, er solle doch mal ein bisschen stufenförmig urinieren. Friedlich versuchte, diese ironische Bemerkung zu ignorieren, doch unwillkürlich bildete sich in seinem Strahl tatsächlich eine Ecke oder eben Stufe. Aus den vorderen Reihen konnte er Getuschel vernehmen. Offenbar kommentierte man seine Leistung. Er hörte etwas von „Kompensation", „Urangst" und „typisch männlicher Ejakulationsphantasie". Einzelne Begriffe wie

„albern", „grotesk" oder „phänomenal" schienen verschiedene Wertungsgruppen widerzuspiegeln.

Direkt vor Friedlich platschte plötzlich ein kleiner, weißer, runder Ball in die Rinne. Das sei doch der Gipfel der Geschmacklosigkeit! Er pinkele ja den ganzen Platz kaputt! Man werde sich beschweren! Ein schimpfender, seltsam aussehender Gottesmann drohte dem Urinator mit einem Golfschläger. Friedlich wusste nichts zu sagen. Er hätte gerne geistlichen Beistand erbeten. Doch der Moment dafür schien ungünstig. Der Geistliche schimpfte ihn tüchtig aus und legte ihm fünftausend Vaterunser zur Buße auf. Es sei keine Absicht, wollte er gar nicht hören. Die göttliche Rechtsprechung kenne den Begriff der Absicht nicht und verhandle auch nicht darüber. Er wolle jetzt spielen, solange noch etwas von seinem schönen Golfplatz übrig sei. Dann wandte er sich ab und ging. Als sein junger Begleiter ihn am Ärmel zupfte, kehrte er noch einmal zurück und ermahnte Friedlich, in die Temporalkorrektur einzuwilligen und diese traurige Vorstellung schleunigst zu beenden. Er könne die Leute nicht verstehen, die sich so etwas freiwillig ansähen.

Es bereitete Friedlich großes Unbehagen, in dieser Weise bloßgestellt zu werden. Er versuchte, seinem Ankläger nachzulaufen. Der gute Wille sei doch da! Aber das unausgesetzte Urinieren behinderte ihn zu stark. Die Menge der Flüssigkeit, die unablässig seine Blase verließ, übertraf nicht nur deren Fassungsvermögen, sondern das Volumen seines ganzen Körpers um ein Vielfaches. Die Rinne war nicht mehr in der Lage, die auf sie einsprudelnden Wassermassen aufzunehmen. Die Flut überwand die Sicherheitsschiene und floss über Friedlichs Schuhe. Und es kam noch schlimmer. Die Stärke des Strahles beeinträchtigte die strukturelle Integrität des Kegels. Zwar hatte der Erbauer den aufgetürmten Schnee mit aller Kraft festgedrückt, aber wie steter Tropfen den Stein höhlt, so verwandelte Friedlichs tödlich harter Strahl auch sein Urinatorium in einen zerfließenden Haufen von Matsch. Da stand er also, aus zerrissenem Anzug ins Leere harnend, inmitten all der Menschen, und wusste nicht, was er sagen sollte.

Aus den Augenwinkeln konnte er sehen, dass mittlerweile Programmhefte im Publikum verteilt wurden. Im Hintergrund entstand eine Art Bierzelt. Ein süßlicher Geruch nach fritiertem Fisch lag in der Luft. Es hatte sich ein regelrechter See gebildet, an dessen Ufer Boote vermietet wurden. In der Mitte schwamm ein fülliger Herr auf einem Schwimmreifen. Er rief etwas. Friedlich verstand kein Wort, und da er den Dicken versehentlich als Ziel anpeilte, verschwand dieser bald wieder in den Fluten.

Eine kleine Kapelle spielte populäre Melodien von Bach bis Rüdiger. Gegen Mittag war aller Schnee weggeschmolzen, und das Gewässer erreichte so beträchtliche Ausmaße, dass es Gezeiten entwickelte. Die Ebbe nutzte Friedlich zur Flucht nach vorne, doch die Flut trieb ihn bald wieder zurück.

Warum Frau Korschinsky sich Bernd Rüdigers Oper anhören musste, und wie sie auf dem Schicksal des Universums herumtrampelte

Durch das Erlebnis mit ihren Eltern war Herta auf ungewöhnliche Aspekte des Lebens vorbereitet. Doch was sie bei ihrer Rückkehr in die Klinik zu sehen bekam, überstieg ihr mentales Fassungsvermögen um ein Vielfaches: Bernd Rüdiger trug eine römische Rüstung, fuchtelte mit seinen Händen, lief vor und zurück und sang dabei in einer Weise, die an eine Fräsmaschine erinnerte. Immer mehr entrüstete Patienten versuchten, den Saal zu verlassen. Nur wenigen gelang es, bis zur Tür vorzudringen und sich von den Saalwächtern niederschlagen zu lassen. Die übrigen wandten sich unter fürchterlichen Schmerzen. Einige beherzte Greise stürmten die Bühne. Sie wurden von Pflegern geknebelt und an Stühle gefesselt. Nur einige sehr hoffnungslose Fälle lauschten dieser musikalischen Apokalypse mit Gleichmut. Bernds Verse wurden immer blutrünstiger und blödsinniger:

„Schurk', du Schurk', nun stirb dahin! Wiss', dass ich viel stärker bin!" sang er. Und wieder brach in Herta eine ganze Welt zusammen. War das wirklich ihr Held, der dort unten stand und einem anderen seinen Bühnendolch in den Bauch rammte? Der groteske Todesgesang des Getroffenen ging ihr durch Mark und Bein:
„Wohl getroffen, wohl, wohl, wohl, ja wohl.
Ich sterb' nun wohl.
Nun leb' ade, du schöne Welt!
Ich fleuch' hinauf zum Himmelszelt!"

Noch immer war Bernd Rüdiger nicht zufrieden. Er lachte höhnisch auf. Dabei versuchte er, sich dem Rhythmus der Musik anzupassen. Aber es gelang ihm mit keinem Ton. Nach gefühlten zehn Minuten beendete er sein Lachen endlich und sang er die Antwort:

„Nimmer, du Schlimmer,

nimmer, nimmer

steht das Himmelstor dir offen!

Brauchst gar nicht dadadrauf zu hoffen!

Nein, nein, hinab, o ja, hinab

schleudr' ich dich ins Höllengrab!

Dort magst bei giftig-grünen Todeshyazinthen

nimmermehr du Ruhe finthen!"

Immerhin sang er noch von Blumen. Aber wie hatte seine Sprache sich gewandelt! Und wie roh war sein ganzes Auftreten geworden. Da war kein schelmisches Lächeln, kein eleganter Hüftschwung mehr, da flog kein Küsschen ins Publikum. Immer wieder stach er brutal auf den am Boden liegenden Dicken ein. Zu allem Überdruss stimmte er dabei erneut sein schrilles Lachen an.

Hertas Hintermann seufzte. Es sei leider nicht anders zu machen gewesen. Die Aufführung seiner selbst verfassten Oper sei Bernd Rüdigers Bedingung gewesen, sich an der Temporalkorrektur zu beteiligen. Man habe sich nur ungern und mit großen künstlerischen Vorbehalten zu diesem Schritt nötigen lassen. Langsam begriff Herta, worauf sie sich da eingelassen hatte. Es wäre unter diesen Umständen wahrscheinlich besser gewesen, sich von den Wellensittichen zerfleischen zu lassen.

Sie habe sich entschlossen, diesen Unsinn doch nicht mitzumachen. Dazu sei es leider zu spät, denn der Unsinn finde ja bereits statt. Das Bedauern des Alten wirkte echt. Das sei eben das Leidige an diesen minderwertigen Raum/Zeit-Kontinuen. In einem selbstregulierenden, antitemporalen Universum gebe es den ganzen Ärger nicht. Da sei alles von vorneherein festgelegt, ohne umständliche Intervallpufferung. Aber Herta müsse sich dennoch keine Sorgen machen. Man habe alles im Griff. Ihre Erinnerungen seien im übrigen so manipuliert, dass der Verdrängungsprozess bald einsetze. Ihr neues Gedächtnis müsse nur langsam auf Touren kommen. Es gebe allerdings die kleine

Unannehmlichkeit, dass ihre alten Erinnerungen in der Übergangsphase noch eine Zeitlang aktiv seien könnten. Das sei am Anfang gewöhnungsbedürftig. Symptome einer leichten Schizophrenie seien durchaus möglich. Aber das sei eine vorübergehende Begleiterscheinung, und sobald ihr neues Gedächtnis voll entwickelt sei, werde sie an ihre alten Erinnerungen gar nicht mehr denken.

Herta hatte genug gehört. Sie musste dem Treiben ein Ende bereiten. Bevor sie wahnsinnig würde. Aber wie sollte sie das anstellen? Wie sollte sie dieses verdammte Toupet in die Hände bekommen und es ein für alle mal vernichten? Die Apokalypse zog an ihr vorüber. Die himmlischen Heerscharen prallten auf die Mächte der Finsternis. Und in der Mitte stand sie, eine Frau mit zwei Gedächtnissen. Und plötzlich ging es los. Eine Sturmflut künstlicher Erinnerungen überschwemmte ihr Bewusstsein. Ihr wurde schwarz vor Augen. Der alte Mann rüttelte sie auf.

Man habe das Toupet mit Super-Haftkleber auf Herrn Rüdigers Kopf befestigt. Trotzdem bestehe durch den anomalistischen Irregularitätsfluss - das sei so etwas wie der gesunde Menschenverstand - eine Wahrscheinlichkeit von 99 Prozent, dass Herta damit in der nächsten Viertelstunde wieder in Berührung komme.

Kaum achtete sie noch auf die Abartigkeit dieser Ankündigungen. Was auch immer sich in jenem unglückseligen Toupet verbarg, Herta Korschinsky bereitete sich darauf vor, ihm den Garaus zu bereiten. Sie kehrte alle schwarzen Tage ihres Lebens zusammen und konzentrierte sie zu einer Wolke der Vernichtungswut. Eine andere Herta aber stand gleichzeitig in ihr auf und missbilligte dieses Vorhaben. Das Leben sei doch gar nicht so übel. Es sei sogar sehr schön. Ein jeder sei seines eigenen Glückes Schmied, die Natur berge tausend Wunder, und die Sonne scheine für alle. Die so frohgemut ins Leben blickte, hieß Herta von Blaudorf-Simmel. Es war dieselbe Herta, nur mit anderen Erinnerungen und einem anders geprägten Bewusstsein. Als Herta Simmel in einem wohlhabenden Elternhaus aufgewachsen, hatte sie mit zwanzig Jahren den Prinzen Eugen von Blaudorf geehelicht und war als bürgerliche Prinzessin das Aschenputtel der Boulevard-Presse geworden. Die Ehe war glücklich und kinderreich. Leider war Eugen auf einer Safari im eigenen Garten zusammen mit allen Kindern verschollen gegangen. Doch dieser Schicksalsschlag hatte Herta von Blaudorf-Simmels Vertrauen in die Schöpfung nicht erschüttern können. Sie war schlicht gegen jede Form der Zerstörung des Universums, ob in Teilen oder im Ganzen. Und so trug Herta mit Herta einen bitteren Streit aus, noch bevor die Anomalie in ihre Nähe geriet.

Auf der Bühne tobte ein ähnlich fürchterlicher Kampf. Von Trojanern, Germanen, Russen, Türken und Außerirdischen umzingelt fuchtelte Bernd Rüdiger drohend mit seinem riesigen Schwert, auf dem in blinkenden Leuchtbuchstaben „Excalibur" stand. Kaum konnte er die schwere Waffe halten, geschweige denn den Angreifern damit gefährlich werden. Höchstens sich selbst. Und doch: Seine Gegner tänzelten bei jeder neuen Attacke Bernds ängstlich zurück und sangen unisono: „Oh!" Noch immer bemühte sich Bernd um sein heldenhaftes Lachen:

„Haha, jaja, haha!
Nun wird's euch aber warm,
spürt ihr des Helden Arm,"

keuchte er ins geschockte Publikum. Einige seiner Duellanten bestanden in diesem Punkt auf größere sprachliche Genauigkeit:

„Es ist vielmehr die Klinge,
vor der ich weichend springe," sang der Erste.

„Es ist vielmehr die Waffe,
auf die ich ängstlich gaffe," setzte ein Zweiter hinzu.

„Ja, Sire, es ist das Schwert,
das unser Grausen mehrt," fasste ein Dritter zusammen.

„Dann spürt sie alle drei," kreischte Bernd mit grimmer Miene und schwang die Klinge, so gut er konnte.

„Au wei, au wei, au wei," sangen die bösen Buben. Die eingängige Textpassage wurde nun mehrfach wiederholt. Zugleich geschah etwas, das nur mit viel Wohlwollen als choreographierte Fechtszene zu erkennen war: Bernd schleppte sein Schwert zwischen die Angreifer, diese sprangen feige zurück. Dann rotteten sie sich zusammen und schlugen auf Bernd ein. Sie taten dies in Zeitlupe, so dass der Star genug Zeit hatte, jedem

Schlag geschickt auszuweichen. Da ihm aber der Bommerlunder das Gehirn vernebelte, vergaß er zuweilen, sich gleichfalls in Zeitlupe zu bewegen und briet manchem Gegner tüchtig eins über. Es kam zu brenzligen Situationen, als einige Statisten Anstalten machten, ernsthaft zurückzuschlagen. Als Bernd sich von der Meute in die Enge getrieben fühlte, unternahm er wild schreiend einen Ausbruchsversuch, verlor sein Gleichgewicht und krachte, „Hoppla" rufend, zu Boden. Mit großer, künstlerischer Kühnheit raffte er die letzten Reserven zusammen, riss sein Schwert hoch und stürzte sich auf einen besonders kleinen Indianer. Dieser erschrak über Bernds unerwartete Improvisation so heftig, dass er seinerseits die Zeitlupe beendete und dem Heranstürmenden seinen Tomahawk entgegen schwang, als wolle er ein plötzliches Traumgesicht verscheuchen. Im Adrenalinrausch gelang es Bernd, sich rechtzeitig zu ducken, aber das Schurkenbeil streifte ihn am Kopf, erfasste sein Toupet und schleuderte es ins Publikum. Wie magnetisch angezogen sprang es an seinen Bestimmungsort, genau in Hertas Schoß.

Der Aufprall weckte Herta unsanft aus ihrer Identitätskrise. Instinktiv sprang sie schreiend auf ihren

Stuhl, riss sich das fremde Haarbüschel vom Rock und trampelte hektisch darauf herum. Ihr Hintermann schrie wütend, sie solle das sofort lassen. Auch die Dame zur Linken war es endgültig leid. Sie lasse sie des Saales verweisen, wenn sie sich nicht augenblicklich wieder hinsetze und still sei. Hertas Verstand hatte sich vollkommen verabschiedet. Immer wieder krachte ihr Absatz dicht an der Anomalie vorbei.

Inzwischen bahnte sich der skalpierte Bernd Rüdiger einen Weg durch die Menge. Wie Don Quixote vor Dulcinea stand er plötzlich vor Herta, mit blutender Glatze und seinem im Kampfe erloschenen Schwerte. Erschrocken hielt Herta in ihrem Zerstörungstanz inne. Bernds grauenerregender Anblick riss ihr Bewusstsein brutal zurück in die Wirklichkeit. Sie fiel rücklings über die Lehne. Mit derselben akrobatischen Bewegung kickte sie das Toupet ins Gesicht seines rechtmäßigen Besitzers, der artig sein schleimiges „Dankeschön" hervorquetschte und mit seiner Beute zurück auf die Bühne stolzierte, wo er einen vierzigminütigen, heldenhaften Operntod zu sterben hatte.

Herta lag indessen benommen in den Armen ihres Hintermannes, der sie freundlich anlächelte. Ob sie immer so stürmisch sei. Eine schöne Frau wie sie könne doch gelassener in die Welt blicken. Herta traute ihren Ohren nicht. Schöne Frau?!! Während Frau von Blaudorf-Simmel sich geschmeichelt fühlte, fand Herta Korschinsky sich böse verschaukelt. So hatte man sie im Leben noch nicht zum Narren gehalten! Und sie war nicht bereit, sich in dieser Weise demütigen zu lassen. Ihre Hand blieb als scharlachroter Abdruck auf der knittrigen Wange des Alten zurück. Dann verließ sie das Konzert. Einen Pfleger, der sie am Verlassen des Saales zu hindern suchte, schlug sie mit einem fürchterlichen Fausthieb nieder. Sie hatte endgültig genug! Genug von diesem Publikum, das sie fassungslos anglotzte, genug von dieser Trauervorstellung und genug von Bernd Rüdiger. Außerdem brauchte sie dringend einen Spiegel.

Wie Friedrich Besuch von zwei unbekannten Damen bekam und weshalb ihm dies eine Hilfe war

Es war später Nachmittag. Man hatte den Strand festlich geschmückt. Die inzwischen beachtlichen Wellen wurden von einigen verwegenen Wellenreitern genutzt. Der Wind wehte von der Seeseite her, doch Friedlichs ungebrochener Harnstrahl wurde davon in keiner Weise beeinflusst. Die hemmungslose Blasentätigkeit war das einzige, was auf Leben in dem geschundenen Vertreter hindeutete, denn im übrigen stand er seit Stunden wie erstarrt da. Nun aber traten zwei freundliche Damen von der Seite an ihn heran und sprachen ihn auf seinen Seelenzustand an. Er brach in Tränen aus.

Ob es ihm denn Vergnügen bereite, sich vor aller Welt bloßzustellen, und ob er nicht lieber zuhause wäre und einen schönen Film über die Südsee betrachtete.

Es bereite ihm gar kein Vergnügen. Aber er könne doch nicht mehr aufhören.

Die Damen zeigten Verständnis für Friedlichs Unmut. Die Frage sei ohnedies rein rhetorisch gewesen. Ob er schon einmal daran gedacht habe, sein Leben ganz anders zu gestalten.

Friedlich verstand nicht, was sie damit andeuten wollten. Er wandte sich ein wenig von den neugierigen Fremden ab, da er sich vor ihnen schämte. Er solle sich bitte vorsehen. Er pinkele ja alle Leute voll. Dies war eine glatte Untertreibung. Friedlichs vernichtender Strahl schlug in eine größere Ansammlung Schaulustiger ein, von denen einige zu Boden geworfen wurden, andere panisch die Flucht ergriffen. Er versuchte Abhilfe zu schaffen, indem er den Strahl senkrecht nach unten richtete. Der Matsch spritzte unter seinen Füßen hoch, und das Wasser bohrte in Sekundenschnelle ein tiefes Loch, als sei eine Bombe eingeschlagen. Von seiner eigenen Blasenwucht hochgedrückt und umgeworfen, verlor Friedlich gänzlich die Kontrolle und urinierte, ein ums andere Mal zu Boden stürzend, wild um sich. Erst nach etlichen Versuchen gelang es ihm, wieder einen sicheren Stand zu erlangen. Er befand sich nun im Zentrum eines Kraters. Um nicht zu ertrinken, musste er den unglaublich hohen Rand überpinkeln.

Dort oben versammelten sich nun die Schaulustigen. Auch die fremden Damen waren noch da. Als einzige wagten sie den gefährlichen Abstieg in den Krater, hinunter zu Friedlich. Sie stellten sich ihm als Frau von Schwälbchen und Frau von Blaudorf-Simmel vor. Sie seien Anomalien-Hilfswärterinnen und hätten den Auftrag, ihn moralisch auf die Rettung der Welt vorzubereiten. Es solle sein Schade nicht sein, und die unangenehmen Blasen-Exzesse hätten dann ein Ende. Friedlich begriff gar nichts und wusste weder, wie er als Damenunterwäsche- und Strumpfmodenvertreter die Welt retten sollte, noch wie die beiden Frauen im Gegenzug Einfluss auf seine Blase nehmen wollten. Aber er erklärte sich vorsorglich zu allem bereit, was unter diesen Umständen eine wie auch immer geartete Richtigstellung seiner Lage versprach. Im übrigen sei ihm schon alles egal. Das sei sehr vernünftig. Die zur Verfügung stehende Notzeit laufe bald ab, und danach werde es brenzlig. Aber es sei ja nun gottseidank alles geklärt. Sie bedankten sich für seine Kooperationsbereitschaft und wünschten ihm viel Freude mit seinem neuen Leben.

Irgendwie fühlte sich Friedlich nicht recht ernst genommen. Und doch hatte ihm der unverhoffte Besuch gut getan. Die Damen waren ihm sympathisch. Mit geübtem Kennerblick hatte er an Frau von Blaudorf-Simmel hochwertige Nahtstrümpfe entdeckt, und Frau von Schwälbchen trug eine Offiziersuniform, die ihn angenehm an Hauptfeldwebel Roland erinnerte. Er fühlte sich irgendwie inspiriert. Und so begann er, seinem Tun eine besondere Form zu geben. Zuerst waren es nur leichte Wellenlinien, bald schon folgten zackige, abstrakte Muster und einfache geometrische Figuren. Waren seine Zuschauer anfangs nur an dem Naturphänomen des Weltmeer-Urinators interessiert und gar nicht so sehr an Friedlichs Persönlichkeit, so gingen sie nun bald richtig mit, riefen „Ah!" und „Oh!" und applaudierten. Friedlich hatte sein Publikum endlich gepackt! Er fühlte sich zu großen Leistungen fähig. Schließlich entwickelte er ganz neue Techniken des Urinierens, schuf fliegende Wasserteppiche, riesige Ringe und Röhren, warf mächtige Gebilde an den Himmel, Weltraumschiffe, Burgen und Fabelwesen. Ganze Wassertrickfilme rollten vor den Augen der Menge ab. Bald zeichnete der Meister des Wassers seltene Briefmarken, bald schnelle Autos, bald Schnittmuster von Strümpfen, zunächst ganz traditionell mit Zwickel, dann immer gewagtere Entwürfe. Und schließlich entstand ein ungeheures Porträt seiner Mutter.

Ob er jetzt völlig bescheuert sei, oder was?! Das Himmelsbild zerrann, und sie stand leibhaftig vor ihm, oben am Rand des Kraters, mit ihrem Teppichklopfer und einer Flasche Kräuterschnaps. Friedlich, eben noch großer Künstler, wurde wieder ganz klein. Was denn Mutti... was sie denn hier so mache... hier und heute und ausgerechnet jetzt. Sie mache sich Sorgen. Sitze alleine zuhause, vorm Telefon, in der Stille, in der Dunkelheit, ja, und er? Er pisse hier vor aller Welt ihr Bild in die Luft! Ob sie ihm nicht tausendmal gesagt habe, dass er zum Abendprogramm zuhause sein solle? Ob sie ihm schon so egal sei?! Er bringe sie noch ins Grab! Ob er das wisse?!

Wie Frau Korschinsky und Frau von Blaudorf-Simmel Frau von Schwälbchen kennenlernten und wie sie alle zusammen einen heben gingen

Vor der Garderobe machte Herta eine sehr seltsame Erfahrung. Sie tauschte mit sich selbst Lebenserinnerungen aus. Dabei erfuhr sie eine Menge über sich, aber auch über den Golfsport, über England, Australien und Düsseldorf. Überall in der Welt besaß der Teil von ihr, der sich von Blaudorf-Simmel nannte, schöne Häuser und Anwesen. Frau Korschinsky hatte nichts besessen, nichts außer einem verkorksten Körper. Aber sie konnte allerhand über ihr medizinisches Vorleben berichten.

Zu Hertas Unterhaltung gesellte sich der ältere Herr aus dem Konzertsaal. Er heiße Amadeus Müller und sei der ursprüngliche Besitzer dieses Universums, habe es aber leider an einen größenwahnsinnigen Temporaldilettanten verkaufen müssen. Seither sei er in seiner eigenen Welt nur noch der Anomalienwart. Und als solcher wolle er Herta und Herta gerne zu einer erfrischenden Margarita in die Bar einladen. Wer bitte

Margarita sei? Die Margarita sei eine Schwägerin von Madelaine und könne Herta helfen, sich durch mnemotische Stimulation ganz als Frau von Blaudorf-Simmel zu entfalten. Nach dem enttäuschenden Konzert stand Herta nicht der Sinn nach bizarren Experimenten. Sie kenne weder ihn noch seine Margarita oder Madelaine, und, wenn es so weiterginge, nicht einmal sich selbst. Er solle sich für seine ungelenken Annäherungsversuche bitte jemand anderen aussuchen. Sie verschwand in Richtung der Damentoilette.

Als sich die Tür hinter ihr schloss, hatte sie zum ersten Mal seit langer Zeit wieder das Gefühl, es sei alles in Ordnung. Beide Hertas hatten dieses Gefühl. Sie lehnten sich an eine Wand, senkten den gemeinsamen Kopf und lauschten auf das leise Summen der Lüftung.

Ob das nicht widerlich sei?! Eine Frau war aus einer der Kabinen gekommen und wusch sich die Hände. Sie betrachtete Herta durch den Spiegel. Irgendetwas an ihr kam Herta vertraut vor. Doch es war nur ein Gefühl. Ihr war nicht einmal klar, welche Herta in ihr sich an die Frau erinnerte. Sie hatte dunkle Haare, war um die fünfzig, stark geschminkt und trug ein schwarzes, enganliegendes Kleid. Herta von Blaudorf-Simmel fand es un-damenhaft, in diesem Alter so mädchenhaft herumzu-laufen. Und Herta Korschinsky fragte sich, was die alte Schlampe wohl in der Reha-Klinik verloren hatte.

Es sei eine widerliche Vorstellung gewesen. Mit Musik habe das nichts mehr zu tun. Gottseidank sei ja jetzt alles vorbei. Sie kenne diesen Bernd Rüdiger seit seiner verkorksten Jugend, und sie habe immer gewusst, dass er zu schlimmen Dingen fähig sei. Aber sie habe ihm seinen Willen gelassen und seine musikalische Karriere nicht verhindert. Heute wisse sie, dass es ein Fehler war, ein Verbrechen gegen die Menschheit.

Hätte früher jemand so von Bernd gesprochen, wäre er nicht lebend aus Hertas Klauen entwichen. Jetzt aber mochte die einstige Rüdiger-Enthusiastin nicht ein-mal widersprechen. Weniger aus Überzeugung denn al-ter Gewohnheit hielt sie lediglich den Beifall dagegen, den der Sänger einst mit seinen Schlagern geerntet habe. Ob sie sich nicht an „Azuro blüht der Brombeerstrauch" erinnere? Das sei sein größter Hit gewesen. Oder an „Wenn du goldne Stengel willst, pflück sie dir doch selber." Sie habe alle Platten von Rüdiger.

Von „Nur zuhause fühl ich mich daheim" bis „Ohne wenn und wieder sing ich meine Lieder". Das könne doch nicht alles schlecht gewesen sein.

Herta von Blaudorf-Simmel staunte über das merkwürdige Kulturrepertoire ihrer Bewusstseinspartnerin. Sie kannte Bernd Rüdiger erst seit heute und nur als Sänger armseliger Arien und rätselhafter Rezitative. Und schon das reichte ihr.

Die Fremde stellte sich vor. Sie sei Mine von Schwälbchen, die erste und einzige. Es entstand eine peinliche Pause, weil Herta Korschinsky nicht genau wusste, ob sie darauf antworten sollte und Herta von Blaudorf-Simmel ihr bei der Gegenvorstellung höflich den Vortritt lassen wollte. Beiden Hertas wäre es angenehmer gewesen, ganz im Hintergrund zu bleiben und das Gespräch zu verfolgen. Schließlich antwortete Herta Korschinsky, sie heiße Herta von Blaudorf-Simmel. Herta von Blaudorf-Simmel war verblüfft über dieses verwirrende Manöver, deutete es aber rasch als Zeichen ihrer zunehmenden Dominanz über Gesamt-Herta. Sie plauderten ein wenig, während Frau von Schwälbchen sich schminkte und ihr Aussehen dabei völlig änderte.

Hatte sie zunächst den Eindruck einer geistig eher nicht vertrauenswürdigen Sprechstundenhilfe gemacht, so sah sie nun aus wie jemand, den Herta Korschinsky gut kannte: Es war ihr Vater alias ihre Tante. Die Maskerade sei notwendig, um unbemerkt aus der Klinik zu kommen. Sie wolle das augenblickliche Chaos zu einer kleinen Sauftour nutzen. Angenehme Gesellschaft sei ihr dabei willkommen. Herta Korschinsky wollte vorher noch einen Blick in den Spiegel werfen.

Sie erschrak gewaltig. Einen kurzen Moment hatte sie das unheimliche Gefühl, gar nicht sich selbst zu sehen, sondern Katja Schleppstein. Sie kannte diesen Namen als Pseudonym für die Mona Lisa. Hermann hatte nämlich eine Reproduktion von da Vincis Gemälde mit in die Ehe gebracht und über's Bett gehängt. Mitte der siebziger Jahre hatte er begonnen zu behaupten, es handele sich um ein Porträt der bekannten Sängerin Schleppstein, was Herta provisorisch übernahm, obwohl sie keine Sänger neben Rüdiger gelten ließ. Abgesehen vom Hintergrund glich ihr eigenes Spiegelbild nun diesem Gemälde. Herta von Blaudorf-Simmel nahm ihren Anblick ohne Überraschung zur Kenntnis. Sie hatte nichts Geringeres erwartet. Auch Herta Korschinsky erkannte allmählich ihre eigenen Züge wieder, ihren Mund, ihre Nase, ihre Augen. Das alles hatte sich nur verändert, irgendwie verbessert. Zu sagen, sie sah vierzig Jahre jünger aus, käme der Wahrheit nur bedingt nahe. Beinahe beneidete sie sich selbst um ihr gutes Aussehen. Es war, als hätte man die alte Herta als grobschlächtigen Entwurf für eine neue, viel elegantere Frau genommen. Statt des grauen Kittelkleids trug sie ein raffiniert ausgeschnittenes blaurotes Kostüm. Ihre Figur war tadellos. Alle noch vorhandenen Pölsterchen saßen an der richtigen Stelle und fielen kaum ins Gewicht. Aus ihren unteren Extremitäten waren richtige Beine geworden, ihre Taille war wirklich eine Taille, und ihre Brüste entsprachen jenem Schönheitsideal, das sie bislang dem Bereich der Mythen und Magazine zugeschrieben hatte. Vorsichtig schielte sie durch das Kleid. Es war weit und breit keine Falte zu sehen. Auch die alten Staubsaugernarben waren verschwunden, ebenso die kleinen Erfrierungen von ihrem Versuch, sich in einer Kaufhauskühltruhe das Leben zu nehmen. Ihre Haut hatte eine angenehme Farbe und duftete ganz frisch. Gebannt drehte sie sich vor dem Spiegel. Alles saß an seinem Platz, nirgends hätte Herta etwas auszusetzen gehabt.

Ob alles in Ordnung sei. Ob sie etwas Bestimmtes suche. Nein, es sei wirklich alles bestens. Könne gar nicht besser sein. Ob es ihr wohl möglich wäre, kurz ihre Schuhgröße zu schätzen. So um die 38, ganz normal. Toll!

Sie gingen in die Rabnbar, ein kleines Lokal am Rande der Stadt. Dort erzählte Frau von Schwälbchen ihr Leben. Sie wohne schon seit zwanzig Jahren in der Klinik. Man behandle sie freundlich, halte sie aber für gefährlich und verrückt. Warum sei ihr ein Rätsel. Sie könne über ihren Geisteszustand nichts Negatives berichten. Ja, sie habe wohl ein Faible für Waffen und neige in alkoholisiertem Zustand zur Ausschweifung. Aber ein schönes Hobby und Trinkfestigkeit, das seien doch ganz im Gegenteil Voraussetzungen für die soziale Integration. Außerdem interessiere sie sich für ihre Mitmenschen - und das im Gegensatz zu den meisten ihrer Mitmenschen. Beispielsweise solle Herta doch mal etwas über sich erzählen. Wie wäre es mit ihrer Krankengeschichte?!

Das sei eine lange Geschichte. Die übrigens gar nicht stattgefunden habe. Herta kam ins Trudeln. Die eine Person in ihr kannte keine Krankheiten, und die andere hatte plötzlich keine Lust mehr, darüber zu reden. Wo sie doch jetzt gerade ein neuer Mensch geworden war! Wo denn hier die Toilette sei.

Mine wies ihr den Weg und bestellte etwas zu trinken. Als Herta die Toilette betrat, bemerkte sie den alten Amadeus Müller. Er saß allein an einem der hinteren Tische. Erschrocken verschwand sie in den Waschraum. Sie kontrollierte ihr Gesicht. Es war noch da. Ihr Gespräch mit dem geplatzten Mann im Ozean fiel ihr wieder ein. Sie hatte also nicht geträumt. Es sei denn, sie träumte noch immer. Er hatte sein Versprechen gehalten. Sie sah toll aus. Unter diesen Umständen fand sie es nur schade, dass Hermann sie so nicht sehen konnte.

Als sie zurückkam, saß Mine vor einer leeren Flasche Champagner. Ob sie immer so lange brauche auf dem Klo. Sie sei doch nur fünf Minuten fort gewesen. Die genaue Minutenzahl sei unerheblich. Sie messe die Zeit in Champagner, und davon sei nun allerhand geflossen. Sie frage sich, was sie die ganze Zeit über getrieben

habe. Sie habe ein wenig über ihren Verstand nachdenken müssen. Mine nahm die Entschuldigung an. Es
sei ja alles nicht so schlimm. Sie habe schon die nächste
Flasche geordert.

Diese traf alsbald ein. Mine zwang den Kellner, ihrer
neuen Freundin eine Arie aus dem „Rigoletto" vor-
zutragen. Herta musste auch noch dazu klatschen. Dabei
fand kein Teil ihres Bewusstseins den Vortrag gelungen.
Auch der Dom Perignon kam ihr etwas abgeschmackt
vor. Herta Korschinsky kannte den Begriff der
Abgeschmacktheit nicht einmal, aber Frau von Blaudorf-
Simmel war der Überzeugung, es sei der ange-
messenste, und das reichte für beide. Sie solle jetzt doch
endlich einmal etwas über sich erzählen. Herta wurde
unsicher. Sie habe eine wahnsinnig schwere Kindheit
gehabt, sei aber ansonsten immer sehr glücklich
gewesen. Ihren Mann habe sie nicht sonderlich gut
leiden können. Andererseits sei die Ehe überaus roman-
tisch gewesen. Darauf müsse man unbedingt anstoßen.
Prost

Als die Stimmung auf dem Höhepunkt anlangte, trat
der im Hintergrund lauernde Anomalienwart an den

Tisch. Ob er den Damen Gesellschaft leisten dürfe. Er habe das angeregte Gespräch aus der Ferne verfolgt, und dabei sei ihm aufgefallen, dass der Champagner zur Neige gehe. Leider verfüge der Wirt über keine weitere Flasche mehr. Er könne aber eine besondere Alternative anbieten. Eine schöne Margarita kombiniere ausgesprochen gut zu Dom Perignon, und es wäre ihm ein Vergnügen, die Damen auf ein Glas einzuladen. Gerade als Herta entnervt ablehnen wollte, rief Mine euphorisch: „Phantastisch! Her mit dem Zeug!"

Die Margarita sei eine Dienerin der Sinne. Sie stimuliere das Gedächtnis und übe einen Zauber auf das Bewusstsein aus, wie andere Alkoholika ihn niemals erreichten. Diese betäubten die Wahrnehmung von Raum und Zeit. Die Margarita hingegen erweitere sie und lege verborgene Erinnerungen frei. Erinnerungen an längst vergessene Tage, ferne Zeiten und andere Welten. Das klinge alles reichlich hochgestochen. Ob man nicht einfach gemütlich einen heben könne. Schon standen die Margaritas auf dem Tisch. Mine hatte ihr Glas in einem Zug leer. Das Zeug sei in Ordnung. Irgendwie kämen ihr sogar wirklich alte Erinnerungen hoch. An tolle Tage. Und tolle Nächte. Und noch mehr

Tage und Nächte. Ein regelrechter Erinnerungs-schluckauf.

Herta von Blaudorf-Simmel erinnerte sich an andere Dinge: die Triumphe auf den Mini-Golf-Plätzen der Welt, Hermanns Schlacht gegen die Liga der Dicken und sein tragisch-schöner Sieg über sich selbst, ihre ungezügelten Liebhaber, den draufgängerischen Porthos, den nach-denklichen Arthos und den frivolen Aramis. Ihr ganzes Leben zog an ihr vorbei. Unter einer Lawine von Erinnerungen wurde die alte Herta Korschinsky begra-ben. Unbemerkt und unbeweint.

Herr Müller freute sich, dass sein alter Trick mit der Margarita noch funktionierte. Nun aber wurde er ernst. Leider habe es vor kurzem einen zweiten temporalen Zwischenfall gegeben. Ähnliche Häufungen von An-schlägen auf die regulative Irregularität des Universums seien sehr gefährlich, und der gegenwärtige sei beson-ders schlimm. Der Übeltäter sei ein geistig zutiefst marodes Subjekt, das allen Argumenten bislang unzu-gänglich gewesen sei.

Na sowas! Das sei aber gar nicht nett, was?! Da müsse man aber mal was machen, jawollja!   ·

Herr Müller bestätigte diese Einschätzung der Lage. Man befinde sich mit der gesamten Rabnbar bereits innerhalb der Notzeit, allerdings auf der gegenüberliegenden Seite. Wo genau das sei. Mine wickelte sich in ihrer Verwirrung das Tischtuch um den Kopf. Die der zerstörten Anomalie gegenüberliegende normale Seite. Das sei eine Parallelzeit, in der sich die Dinge so entwickelten, als sei alles total geplant, also praktisch wie in einem anspruchsvollen Universum. Aber die Parallelzeit werde rasch instabil und neige dann dazu, sich mit anderen Parallelzeiten zu vermischen. Parallelzeiten von Notzeiten seien überhaupt nur Abfallprodukte der Anomalienwartung, die bei Temporalkorrekturen anfielen und nicht recyclebar seien. Ob sein Verstand mit der Zeit sehr gelitten habe. Oder ob er andeuten wolle, man befinde sich auf einer Art Zeitschrottplatz. Das sei genau das richtige Wort.

Das sei ja toll, kiekste Mine, die sich inzwischen im Wandbehang verheddert hatte. Sie habe kein Wort verstanden, aber die Sache klinge wahnsinnig spannend.

„Absolut paradox" treffe es genauer. Amadeus Müller schaute Mine ernst an. Ihr Leben in der Normalzeit habe vor wenigen Augenblicken aufgehört. Sie habe sich leider zu Tode gesoffen. Aber in der Parallelzeit könne man nicht sterben, weswegen sie jetzt auch noch da sei. In diesem Moment kamen zwei deutsche Wehrmachts-offiziere herein:

Hitler sei tot! Her mit dem Sekt! Müller seufzte. Er werde ungern an diese Geschichte erinnert. Welche Geschichte? Das Attentat auf Adolf Hitler. Im historischen Original sei der Anschlag geglückt. Der Führerbunker sei völlig zerstört gewesen. Und der Führer auch. Aber unglücklicherweise sei dabei eine Hauptanomalie be-schädigt worden. Ob sie raten dürfe. Ein unbewegliches Atom? Genau! Es habe sich in Führers Handschmeichler in der linken Hosentasche befunden. Deswegen habe man die ganze Angelegenheit wiederholen müssen. Mit einer geringeren Sprengdosis. Die sei dann leider zu ge-ring gewesen. Das sei ja alles hochinteressant. Ob das irgendwas mit ihnen zu tun habe. Auch Herta hatte inzwischen mehrere Margaritas intus und fühlte sich bombig. Wozu er den ganzen Quatsch mache, und ob ihn wer dazu zwinge. Ansonsten sei das alles doch, mal ehrlich, hochgradig idiotisch.

Im Grunde genommen sei das schon richtig. Es habe aber auch Vorteile, Anomalienwart zu sein. Es gebe riesige Golfplätze, und der Notzeit-Pool sei eine tolle Alternative zu anderen Badeanstalten, stets optimal temperiert und von anregenden, geistigen Überresten bevölkert. Leider werde das Raum/Zeit-Kontinuum häufig von Subversiven aus der Subzeit heimgesucht. Diese Leute seien nur daran interessiert, das Universum für ihre perversen Zwecke zu missbrauchen. Gefühle und so ein Zeug. Liebe. Sex. Essen. Stress. Fernsehen. Ekelhaft! Wenn man ihn fragen würde ... Aber wer tue das schon! Außerdem habe ja auch er seine kleinen Schwächen. Wutausbrüche! Im Suprakosmos seien cholerische Anfälle wie alle Emotionen unerwünscht. Er habe schon alles versucht, um davon loszukommen. Worauf er denn eigentlich hinauswolle. Schwer zu sagen. Die Situation sei völlig verfahren. Er wolle Herta um ihre Hilfe bitten. Das sei zwar eine zugegeben dumme Idee, aber er liebe es, mit unkonventionellen Methoden zu arbeiten, und außerdem wisse er einfach nicht weiter. Er ernenne sie zur Hilfsanomalienwärterin, mit kostenlosem Eintritt in alle laufenden Notzeiten. Übrigens sei es wegen einer kleinen temporalen Rückkopplung so, dass sie ihre Einwilligung sowieso schon gegeben habe und sich bereits im Einsatz befinde, zusammen mit Frau von Schwälbchen und einem debilen Strumpf- und Damenuntermodenvertreter, der gewissermaßen die Ursache des ganzen Übels sei.

Wie sich der dicke Anomalienwart über Friedrichs Mutter lustig machte, während Frau von Blaudorf-Simmel und Frau von Schwälbchen die Situation ausnutzten

Friedlichs Martyrium hatte ein Ende gefunden. Er war mehr als erleichtert, als er seinen Hosenschlitz zumachte. Mit letzter Kraft kletterte er auf den Rand des Kraters. Oben angekommen sah er, dass er sich jetzt auf einer Insel befand. Ringsum war alles von ihm überflutet worden. Die meisten der Schaulustigen hockten am Strand, bauten kleine Urinatorien und badeten. Frau von

Schwälbchen und Frau von Blaudorf-Simmel waren mit einigen Flaschen Schampus von der Bar zurückgekehrt. Doch Mutter Friedlich spitzte den Griff ihres Teppichklopfers mit einem Haushaltsmesser an.

Das tue er nie wieder! Sie kreischte und stürzte sich auf ihn. Er fiel auf die Knie. Normalerweise hätte er sich in die Hose gemacht, aber nach alledem fehlten ihm dazu die Mittel. Herta von Blaudorf-Simmel bemerkte sein Ungemach und hatte Mitleid. Sie warf sich der tobsüchtigen Mutter in den Weg und brachte sie zu Fall. Frau Friedlich purzelte schreiend in die Tiefe. Friedlich schaute ihr nach, wie sie kopfüber ins Wasser platschte. Dann fiel er in Ohnmacht. Mine klatschte vor Vergnügen und schoss mit ihrer Waffe in die Luft. Bewusstlose Männer seien ihr am sympathischsten. Darauf stießen sie an. Dann schleppten sie ihn zurück ins Innere des Kraters.

Indessen kämpfte Frau Friedlich mit den Wellen Schon wurde sie von einigen Fress-Anomalien aus dem Proterozoikum an den Beinen gepackt. Der dicke Anomalienwart, der noch immer auf seinem Reifen vor dem Ufer in den Wellen trieb, wollte ihr zu Hilfe kommen.

Doch Frau Friedlich schlug sogleich mit ihrem Teppich-klopfer nach ihm. Er solle sofort Land gewinnen! Sie teile ihr Wasser nicht mit Fettleibigen! Sie begann, aus Nase und Ohren zu dampfen, während der Dicke mit seinem von dem angespitzten Teppichklopfer getroffenen Reifen allmählich absackte. Undankbarkeit sei der Welt Lohn, aber der Lohn der Undankbarkeit sei zum Glück nicht die Welt. Er solle gefälligst die Klappe halten. Neunmalkluge Sprüche höre sie schon von ihrem missratenen Nach-wuchs genug. Er wolle ja nichts gesagt haben und wün-sche ihr noch viel Vergnügen mit der temporalen Tem-peraturanomalie, die sie sich soeben durch ihr Herum-gefuchtele eingefangen habe. Der Reifenmann soff grin-send und gurgelnd ab. Inzwischen entzündete sich Frau Friedlichs Frisur. Eine Feuersäule schoss gen Himmel. Innerhalb von Sekunden erhitzte sich das Wasser rings um Frau Friedlich bis zum Siedepunkt, und schließlich verschwand die wütend schreiende Frau in den brodeln-den Fluten.

Im Innern des Kraters aber staunte Herta derweil über eine ganz andere Sache: Ihre Freundin nutzte Friedlichs Bewusstlosigkeit sexuell aus. Nie hätte Herta gedacht, dass dies möglich sei. Doch Mine überzeugte sie, es selbst einmal zu versuchen. Und tatsächlich war es ein sehr angenehmes Erlebnis. Zwar konnte sich die neue Herta an ein erfülltes Liebesleben erinnern, aber im Vergleich zu diesen künstlichen Gedächtnisimplantaten war so eine richtige Erfahrung doch etwas anderes. So erlebte sie den zweiten wahrhaftigen Höhepunkt ihres Lebens. Und das mitten in einer unechten Zeit und mit einem weggetretenen Vertreter - der seinerseits den mächtigsten Samenerguss seines Lebens hatte, ohne auch nur zu ahnen, wohin das alles ging. Er träumte von Frau Turk, die ihren Jogging-Anzug ausgezogen und ihn damit auf den Küchentisch gebunden hatte, wo sie ihm mit einem Pizza-Messer die Beinkleider aufschlitzte. Es war nicht schade darum, denn, soviel hatte er an Erinnerung in den Traum hinübergerettet, der Anzug war ohnedies ruiniert.

Gerade hatte Frau von Blaudorf-Simmel Friedlichs Schoß verlassen, als ein weiterer Mann brüllend in die Kuhle kullerte. Es war Bernd Rüdiger, der das Treiben der Damen vom Kraterrand aus beobachtet hatte. Hoppla! Mine bewahrte die Contenance. Sie informierte Bernd über den privaten Charakter der kleinen Runde und forderte ihn auf, das Weite zu suchen oder mitzumachen, falls er sich dazu in der Lage fühle. In jedem Fall aber solle er dumme Bemerkungen unterlassen. Bernd entschied sich für die erste Möglichkeit und lief wortlos davon.

Dafür erschien Amadeus Müller wutschnaubend auf der Bildfläche. Ob hier plötzlich alle wahnsinnig geworden seien. Es gehe um eine seriöse Temporalkorrektur und nicht um frivole Amüsements. Wenn bei dieser widerlichen Entgleisung am Ende noch jemand gezeugt würde, könne er für gar nichts mehr garantieren. Sein ganzer Körper bebte. Auch der Golf-Kardinal und der dicke Reifen-Mann sprangen herbei. Herrgott, man habe sich doch nur ein wenig die Zeit vertreiben wollen, und es sei doch schließlich nichts passiert. Leider hatte Mine damit unrecht, denn tatsächlich war Herta bereits guter Hoffnung. Ein Blick in ihre Augen, und Amadeus Müller wusste Bescheid.

Wie man sich da so sicher sein könne?! Wenn überhaupt etwas passiert sei, dann doch eben erst. Man habe als Anomalienwart eben sehr schnelle und zuverlässige Mittel, Schwangerschaften festzustellen. Sex sei unter diesen Bedingungen sowieso anormal. Jedenfalls sei nun ein ernster Notfall eingetreten, denn ein außerhalb der konventionellen Zeit geborenes Baby könne das temporale Gleichgewicht völlig aus dem Ruder bringen. Es sei notwendig, alle Beteiligten sofort zurück in die Echtzeit zu schicken. Ansonsten existiere nur die eine Alternative: das gesamte Universum ad absurdum zu führen, und damit sei keinem gedient.

Das größte Problem bestehe darin, eine plausible Erklärung für die Zeugung zu finden, damit die Echtzeitlinie nicht durch zusätzliche logische Brüche belastet werde. Der dicke Reifen-Mann erinnerte an einen ähnlich gelagerten Fall, bei dem man sich mit der Behauptung einer jungfräulichen Empfängnis aus der Affäre gezogen habe. Das käme dieses Mal auf gar keinen Fall in Betracht. Es habe damals folgenschwere Missverständnisse gegeben, die man nicht noch einmal riskieren dürfe. Und dies sei keineswegs die unbedeutende Meinung eines Laien. Herr Müller bestätigte die Einschätzung des Kardinals und schlug vor, einfach eine Affäre zwischen Frau von Blaudorf-Simmel und Bernd Rüdiger vorzuschützen. Die beiden seien sich nach dem Konzert nähergekommen und noch am selben Abend im Lotterbett gelandet. Dabei sei ein Kindlein gezeugt worden.

Hauptsache, niemand erfahre von den wahren Umständen der Zeugung. Dafür stelle er gerne umfangreiches Erinnerungsmaterial zur Verfügung.

Auch wenn Herta und Mine nur Bahnhof verstanden, weihte man Bernd Rüdiger in den Plan ein. Der war damit einverstanden, auch wenn er instinktiv annahm, Herr Müller sei in Wahrheit der Ehegatte von Frau von Blaudorf-Simmel und darauf bedacht, die Situation zu retten. Die vorgeschlagene Liebesgeschichte schien dazu zwar ungeeignet, aber die Grillen der Reichen waren Bernd ohnehin ein Rätsel. Ihm gefiel die Aussicht, auf diese Weise endlich bürgerlich zu werden.

Frau von Schwälbchen war jedoch ganz anderer Meinung. Es sei unter der Würde ihrer Freundin, vor der Öffentlichkeit als die Frau dazustehen, die mit dem Musikschänder Rüdiger ein Kind habe. Ob die Betroffene das auch so sehe. Im Prinzip ja, vor allem habe sie keine Lust, schon wieder zu heiraten. Sie würde lieber ihr neues Leben ein bisschen genießen. Das hätte sie sich vorher überlegen müssen. Die Notzeit sei ja schließlich kein Vergnügungspark für Sextouristen. Außerdem sei

das Kind jetzt einmal in den Brunnen gefallen, bildlich gesprochen.

Damit schien das letzte Wort gesprochen. Doch der
dicke Reifen-Mann hatte ebenfalls einen Einwand gegen
den Plan. Man könne das Kind nicht als Spross von
Bernd Rüdiger ausgeben. So leid es ihm tue, Friedrich
Friedlich sei der rechtmäßige Erzeuger, und wenn das
Kind auch nur die Hälfte seiner bizarren Anlagen besitze,
werde dieser Umstand kaum zu vertuschen sein. Davon
abgesehen sei Bernd Rüdiger echtzeitmäßig gesprochen
ebenso tot wie Frau von Schwälbchen. Er habe selbst
beobachtet, wie er gegen Ende seiner Oper von einigen
aufgebrachten Patienten gelyncht wurde.

Dann tue man eben so, als habe er seine
Verletzungen wider Erwarten überlebt. Frau von Blaudorf-Simmel habe sich ins Krankenhaus einge-
schmuggelt und seine missliche Lage ausgenutzt. Erst
danach sei Rüdiger abgetreten. Oder besser noch
infolgedessen. Das sei zwar ein guter Gedanke, aber die
Gründlichkeit, mit der man den Herrn Rüdiger aus-
einandergenommen habe, mache eine solche
Geschichte unglaubhaft. Selbst die Hauptanomalie in sei-

nem Toupet sei zerstört worden. Genau gesagt habe es eine kleine Atomexplosion gegeben.

Dann werde man die verdammte Zeit eben noch mal korrigieren. Müller war einem Kollaps nahe. Er hatte schon etwas Schaum vor dem Mund. Trotzdem wagte der dicke Reifen-Mann zu widersprechen. Man könne sich auf keine weitere Notzeit einlassen. Es seien schon zu viele Flicken auf dieser Zeit. Man müsse das Universum völlig umgestalten. Oder so.

Das Schlimmste wisse er übrigens noch gar nicht. Was er jetzt damit meine?! Er meine, dass leider auch die dritte Anomalie hinüber sei. Müller wurde blass. Hochverrat! Er werde solche Späße nicht durchgehen lassen. Das sei kein Spaß. Ohne die dritte Anomalie werde das Universum unbrauchbar. Herta verstand die Welt nicht mehr, aber was denn die dritte Anomalie sei, wollte sie wenigstens noch wissen. Die Anomalienwärter schauten sie verdutzt an. Müller hatte einen irren Gesichtsausdruck. Er habe keine Ahnung und wolle mit Fragen dieser Art nicht belästigt werden. Und schon gar nicht von Notzeitlern mit künstlichen Erinnerungen. Der Golf-Kardinal lenkte ein. Die dritte Anomalie sei sehr komplex. Sie sei gleich bei Erschaffung des Universums eingerichtet worden und seither noch nicht kaputt gegangen. Und wenn, dann habe sie sich immer wieder selbst repariert. Deswegen wisse man so wenig darüber. Lediglich, dass sie weniger physikalisch sei als andere Anomalien. Das Chaos sei wohl ein passender Name dafür. Umso zynischer sei es von der Anomalie, dass sie zuletzt unter dem Pseudonym Mutter Friedlich aufgetreten sei.

Wie Friedrich wieder zu sich kam und noch einmal mit dem Spaziergang begann

Als Friedlich aus der Bewusstlosigkeit erwachte, stand über ihm das kleine Mädchen. Wieder schaute es ihn auf seine ängstlich-neugierige Art an. Ob der Onkel tot sei. Er lag auf der Erde. Sie reichte ihm etwas zu trinken. Er nahm einen Schluck. Über sich sah er die Baumwipfel, durch die wie durch einen zerrissenen Schleier die Sonnenstrahlen drangen. Gerade konnte er sich noch an den Acker, den Schnee, den Regenschirm, sein

Urinatorium erinnern, doch eine Sekunde später schien ihm alles wie ein Traum. Sicher wusste er nur eines: Aus freien Stücken hätte er sich wohl kaum hier in den Dreck gelegt.

Es war der Dreck jenes Wäldchens, in dem er seinen Spaziergang begonnen hatte. Hatte er es überhaupt je verlassen? Der alte Jogger kam auf ihn zu, nahm die Kleine an die Hand und zog sie von dem Fremden weg. Warum er ihn denn so anschaue?! Ob er ihm nicht wenigstens mal auf die Beine helfen könne?!

Der Alte griff Friedlich am Arm und zog ihn hoch. Er wünsche noch einen angenehmen Tag. Friedlich wollte diesen ungastlichen Ort nun gerne verlassen. Es wurde Zeit, sich wieder auf den Spaziergang zu konzentrieren. Im Geiste formulierte er einen Beschwerdebrief an den Ortsbürgermeister. Unter einer Hecke bemerkte er ein Vogelnest mit drei aufgeschlagenen Eiern. Seine Vorbehalte gegen die ländliche Bevölkerung wurden durch diese Beobachtung weiter genährt.

Wie das Universum funktionierte und weshalb es so nicht weitergehen konnte

Das Dasein eines Anomalienwartes ist von allerlei Unwägbarkeiten gekennzeichnet. Aber es ist lukrativ und besitzt bei den meisten einen hohen sozialen Status, auch wenn man sich zuweilen als Zeitflicker beschimpfen lassen muss. Bei seiner Tätigkeit hat der Anomalienwart einen gewissen kreativen Spielraum und kann sich in dessen Rahmen an der Gestaltung des Universums beteiligen, ohne dabei inhaltliche Verantwortung zu übernehmen. Philosophische Spekulationen, die im suprazeitlichen Rahmen praktisch verboten sind, können in der Echtzeit voll ausgelebt werden. Das ist übrigens, nebenbei bemerkt, der Sinn des Lebens. Da es sich dabei um die Nebenwirkung einer Nebenwirkung handelt, bedeutet dies ein geradezu schulmäßiges Beispiel einer Sinnstiftung post factum. Spiel und Spannung, Ungewissheit, Kriminalität und Stupidität werden hautnah miterlebt, während es in der Suprazeit nichts davon, ja nicht einmal Haut gibt. Außerdem sind Gespräche im Raum/Zeit-Kontinuum viel lustiger, da es leicht zu Missverständnissen kommen kann. Dinge wie große

Pausen, Termine, Ferien, Weihnachten, Siesta oder Gefängnisstrafen können, das wissen selbst die Besitzer hochwertiger antitemporaler Universen, nur hier richtig ausgekostet werden. Daher schaffen sich diese Leute häufig ein raum/zeitliches Zweit-Universum an.

Allerdings war das nicht immer so. Zunächst hatte man an so verrückte Dinge wie Rasierapparate oder Fortpflanzung gar nicht gedacht. Die Absicht bestand darin, sich ein wenig Bewegung zu verschaffen, und zwar in Form von Urknallen, Sonnenkollisionen oder Galaxien-zertrümmerungen. Man wollte durch den Raum ge-schleudert werden, zwischen Sternenstaub umher tru-deln, als Planet um angenehm flackernde Sonnen krei-sen oder irgendwo als Kiesel einfach nur so herumliegen, über Planetenoberflächen plätschern oder mit der Anziehungskraft von schwarzen Löchern experimen-tieren. Besagte schwarze Löcher sind übrigens nichts weiter als Notausgänge in den Suprakosmos. Die etwas ängstlichen Universenbenutzer beschränken sich darauf, sich in deren Nähe als unorganisierte Gaswolken, Planetoiden, Sterne oder Säurepartikel aufzuhalten. Seit aber aufgrund einer anomalistischen Rückkoppelung das Leben entstanden ist, gilt es unter progressiven Suprazeitlern als schick, sich genau da zu manifestieren, wo irgendetwas kreucht und fleucht.

Neben den Universenbesitzern selbst sind nur deren Freunde, Untermieter und das Dienstpersonal der Anomalienwartung berechtigt, intervallgepufferte Raum/Zeit-Kontinuen zu besuchen. Allerdings gibt es für den klassischen Anomalienwart nur wenig Freizeit. Schließlich zählt es neben den normalen Wartungsarbeiten zu seinen Aufgaben, unbefugtes Betreten zu verhindern. Den schrägen Vögeln aus der Subzeit gelingt es leider immer wieder, sich in den schönsten kosmischen Ecken herumzutreiben. Das kann äußerst enervierend werden. Die Subzeitler sind unglaublich scharf auf alle Abarten perverser biologischer Spielchen. Sie können sich aber auch ganz hinterhältig in einem Zwickel, einer Kaffeemaschine oder Hygieneartikeln verstecken.

Der Betrieb eines Raum/Zeit-Kontinuums unterliegt strengen Bestimmungen, seine Besucher sind verpflichtet, eine hohe mentale Stabilität nachzuweisen. Da der Bezug zur supratemporären Irrealität verloren geht, raten die Experten allgemein von häufigen Besuchen ab. Zwar gibt es gewisse Therapeuten, die sich gerade in der

Wahrnehmungsverengung der Echtzeit eine Gesund-schrumpfung gestörter Bewusstseinsebenen ver-sprechen, doch im allgemeinen werden solche Theorien bestenfalls belächelt, oft gar nicht verstanden und meistens beides zusammen. Relativ gefahrlos sind Echt-zeit-Trips ohnehin nur für den ausgebildeten Anomalienwart. Es handelt sich um eine verantwortungs-volle Aufgabe, mit der man nicht Hinz und Kunz betrauen kann.

Heikel wird es, wenn in der Anomalienwartung ge-schlampt wird. Dies kann zu kosmischen Verwicklungen führen, die manchmal in einer zeitlich begrenzten Prohibition chronometrischer Systeme gipfeln. Auch das Anlegen von Zeitschrottplätzen in anomalistischen Bal-lungsräumen stellt einen nicht unbeträchtlichen Ri-sikofaktor dar und ist illegal, wird aber, mangels besserer Lösungen, immer wieder praktiziert und vom Kosmischen Überwachungsverein stillschweigend toleriert, um die Besitzer von Billiguniversen nicht zu verunsichern.

Da sich im Müllerschen Sonnensystem alle Haupt-anomalien auf dem dritten Planeten befinden, ist die Katastrophengefahr hier besonders groß. Eine Häufung von anomalistischen Zwischenfällen führt unweigerlich zum temporalen Kollaps. Grob ausgedrückt: Die Zeit spielt verrückt. Keiner weiß mehr, ob heute, gestern oder morgen ist. Es kann zu temporalen Brüchen kommen, die das Kontinuum voll ins Subzeitliche öffnen. Und was das bedeutet, braucht man ja wohl keinem zu erklären. Zwar gibt es für diesen speziellen Fall noch eine bitemporale Not-Notzeit, doch ist deren Integrität ebenfalls zeitlich höchst begrenzt, und sie schützt nicht vor Wechselwirkungen zwischen der Echt- und der Notzeit sowie den auf Zeit-Schrottplätzen deponierten Auszeiten. Suprazeitliche Bio-Pioniere haben für diese Super-Katastrophe den Begriff 'Hölle' eingeführt.

Selbst der Laie wird einsehen, dass der synchrone Defekt aller Hauptanomalien einen akuten Notfall darstellt. Es mag daher nicht verwundern, dass sich unter den vor Ort arbeitenden Anomalienwarten des Müllerschen Sonnensystems bereits die Ansicht verbreitete, das gesamte Raum/Zeit-Kontinuum sei abzuschalten. Die Arbeitsmoral in dieser Gruppe befand sich ohnedies seit einiger Zeit auf einem Tiefpunkt. Andererseits gab es unter den Kontinualtheoretikern einflussreiche Stimmen, die mit dem Verweis auf den Raum/Zeit-Rahmenvertrag für die zeitlich und räumlich unbegrenzte Verlängerung des Universums plädierten, notfalls unter Verzicht auf Hauptanomalien. Für die Gegner ein idiotischer Vorschlag, denn die Abschaffung der Sicherungsanomalien könnte zu einer intertemporalen Logik führen. Und das wäre das Ende. Wovon auch immer.

Da die Suprazeit im Prinzip konfliktfrei ist, mussten die Erörterungen und Auseinandersetzungen über das weitere Vorgehen selbst im Rahmen eines provisorisch eingerichteten Raum/Zeit-Diskussionskontinuums geführt werden. Das konnte dauern. Müller und seine Kollegen standen mit dem Problem also erst mal alleine da und durften zusehen, wie sie den Karren doch noch einmal aus dem Dreck zögen. Natürlich waren sie darüber nicht sehr froh.

Weshalb Friedlich den Harndrang verlor und wie er die Anomalie dennoch zerstörte

Während des Gehens dachte Friedlich über sein Leben nach. Er war damit so richtig zufrieden. Warum auch nicht? Überall war er beliebt, insbesondere bei den Frauen. Wenn er aus dem Haus ging, grüßten seine Nachbarn ihn freundlich. Und bei allen Kongressen waren seine Reden der bejubelte Höhepunkt. So waren seine spektakulären Erfolge im Wäsche-Business kein Wunder. Er erinnerte sich an die schöne Zeit, als er der größte Wäsche-Couturier Europas war. Angefangen hatte alles mit einer kleinen Strumpfboutique in einem Hinterzimmer. Aber bald beherrschte er ein riesiges Damenuntermodenimperium von Paris bis nach New York. Es war sein Verdienst, dass Frauen auf der ganzen Welt Unterwäsche als Oberwäsche trugen. Mit herrlichen Netzstrümpfen und prächtigen Pailletten-Kostümen verschönerte er das Leben der Menschen.

Manch einen hätte diese Lebensgeschichte stutzig gemacht, aber Friedlich glaubte fest daran. Und darauf war Amadeus Müller besonders stolz. Mit Hilfe eines umfangreichen Erinnerungsprogramms hatte er einen neuen Friedrich Friedlich geschaffen. Mutter Friedlich war komplett gelöscht. Der Mann hielt sich für ein Findelkind, das in einer Windel mit mysteriösem Wappen auf einer Kirchenpforte ausgesetzt worden war. Nur seinem Fleiß und seiner Ausdauer hatte er es zu verdanken, dass er schließlich so weit gekommen war. Um mehr Zeit für die Geschäfte zu haben, hatte er sich in einer schweizerischen Spezialklinik sogar die Blase entfernen lassen. Seine Nieren besaßen einen auf der ganzen Welt einzigartigen Recyclator, der es ihm erlaubte, keine Flüssigkeit auszuscheiden. Und überdies sparte er die Zeit, die andere zum trinken benötigten. Jedenfalls glaubte er das.

Tatsächlich hatte ihn Müller mit einer raffinierten Anomalie versehen, die seinen Harndrang auf immer stoppte. Er wollte sichergehen, dass der Vertreter nie wieder auf die kosmische Ordnung urinieren würde. Kein Wunder also, dass Friedlich, als er den Bach erreichte, nicht im geringsten ans Urinieren dachte. Das Wasser sprudelte kristallklar über seine Füße. Er stieg etwas tiefer hinein und ging in die Hocke, um sich zu erfrischen.

Sein neues, geschäftstüchtiges Bewusstsein dachte über die Vermarktung dieses kristallklaren Wassers nach. Es wäre wohl nicht verkehrt, es in Flaschen abzufüllen und so etwas wie „Dr. Friedlichquelle - original naturflüssig" draufzuschreiben. In diesem Moment fiel ihm der seltsame Eiszapfen auf, der dicht vor ihm aus den Wellen ragte. Er tauschte „naturflüssig" gegen „naturgekühlt" aus und griff beherzt nach dem Eis, um einen Temperaturtest durchzuführen.

Kaum hatte er den Zapfen gegen seine pochende Stirn gepresst, begann die Anomalie zu schmelzen. Mit einem panischen Aufschrei sprang Amadeus Müller hinter einem Busch hervor. Das sei gegen die Spielregeln, und er sei es leid, vertrottelte Echtzeithirne zu flicken. Friedlich seinerseits hatte es satt, von unfreundlichen Land-Rentnern belästigt zu werden. Er warf ihm den Zapfen mit einer Wucht an den Kopf, dass er in tausend Teile zersplitterte. Und zwar zersplitterte nicht nur der Zapfen, sondern auch Müllers Kopf.

Friedlich erschrak. Das hatte er nicht gewollt. Im Körper des Alten bildeten sich Risse. Sogar die Treppe schien in Mitleidenschaft gezogen, die angrenzenden Büsche und Bäume, ja selbst die Luft, der Himmel und die Sonne. Von dem zerborstenen Kopf breitete sich in alle Richtungen ein feines Netz von Risslinien aus. Plötzlich gab es einen mächtigen Knall. Die ganze Landschaft flog auseinander, und Friedlich stand im Nichts... auf einem schier unendlichen Feld, über dem dichter Nebel lag...

Den alten Friedlich hätte dieses Erlebnis den letzten Verstand gekostet. Der neue aber fragte sich, welche abartigen Weltraumraudis hier ihre glitschigen Tentakel im Spiel hatten. Sein Bewusstsein enthielt nämlich Bestandteile verschiedener Science-Fiction-Serien, die Müller in der Eile eingepflanzt hatte, um einige logische Löcher zu stopfen. Friedlich hielt Ausschau nach Klingonen und Cardassianern.

Als er eine halbe Stunde querfeldein marschiert war, gelangte er zu einer Parkbank. Ein alter Mann saß darauf, der Friedlich leidvoll anblickte. Ob er seine Frau nicht gesehen habe. Sie sei vor langer Zeit fortgegangen und habe ihn ganz alleine sitzen lassen. Er sei es leid zu warten. Sein ganzes Leben sei eine einzige Warterei. Noch so ein sonderbarer Greis! Friedlich hob die Schultern. Nein, er habe seine Frau nicht gesehen. Er habe schon lange niemanden mehr gesehen. Wie lange er denn schon so dasitze. Er könne sich nicht erinnern. Es komme ihm vor wie eine Ewigkeit. Er mache sich Sorgen, dass seine Frau zuhause zu viel Strom verbrauche. Soviel Wäsche gebe es gar nicht, wie die wasche. Er brauche keine frische Wäsche. Er sitze ja nur so da.

Ob es hier denn einen Weg gebe. Ein Dorf oder etwas in dieser Art. Es gebe viele Wege. Unendlich viele Straßen. Die ganze Stadt sei voll davon. Er kenne sich nicht mehr aus. Früher sei es einfacher gewesen. Aber jetzt werde alles ausgebaut, umgebaut und umgeleitet. Er habe die Orientierung verloren. Seine Frau sei dafür verantwortlich. Sie habe den Stadtplan in ihrer Tasche. Ob er sie wirklich nicht gesehen habe. Friedlich schüttelte den Kopf.

Wie Herta und Mine ein neues Leben bekamen, und weshalb Gott davon nichts wissen durfte

Auf dem Türschild stand Simmel, Hertas Mädchenname. Der Golf-Kardinal öffnete die Tür. Es roch muffig. Sie traten in eine Grauzone des Lebens ein. Der Kardinal bemerkte, dass die beiden Damen kein besonderes Vergnügen bei der Sache verspürten. Es sei die einzige Möglichkeit, Hertas Schwangerschaft aus allen Zeitebenen herauszuhalten. Sie würden sich hier schon einleben. Er zeigte ihnen die kleine Wohnung.

Die große, graue Standuhr, die immer dieselbe Stunde schlug, das große Bett mit den grauen Laken, die Küche mit dem mächtigen Tisch und der krummen Eckbank. Alles war wie in Hertas altem Leben. Ihr wurde übel. Der Kardinal schloss eine schmale Tür im Schlafzimmer auf. Hier sei die Bar. Es war ein düsterer, fensterloser Raum. Der Geruch sei der Odem der Geschichte. Der Gulli der Zeit, der Ausguss der Unendlichkeit. Er schenkte ein Glas ein und reichte es Herta. Sie leerte es in einem Zug aus. Ihre übel aufstoßenden wahren Erinnerungen wurden sogleich von Blaudorf-Simmelschen Gedächtnisimplantaten überflutet. Ihre verkrampften Gedächtnismuskeln lösten sich, und sie lächelte wieder ihr zeitloses Katja-Schleppstein-Lächeln. Mine blickte ratlos drein. Ob sie auch so etwas bekommen könne. Ausgeschlossen, dasselbe Bewusstsein zweimal zu kredenzen. Aber er könne ihr eine andere Köstlichkeit anbieten. Deren Wirkung sei nicht weniger überraschend. Sie nahm die Einladung an und trank kurz darauf ihren ganz persönlichen Cocktail in der erstaunlichsten Bar des Universums, der Zeit-Bar. Ihr Gesicht begann zu leuchten. Es klinge vielleicht komisch, aber sie habe plötzlich alle Lebenserinnerungen ihrer Mutter im Kopf, ebenso die ihrer Großmutter, ihrer Urgroßmutter und Ururgroßmutter undsoweiter, bis hin zu einer prähistorischen Ahnin, deren dumpfes Grunzen seinerzeit als der letzte Schrei gegolten habe. Sie habe das Gefühl, über alle Erinnerungen all ihrer Vorfahren der mütterlichen Linie zu verfügen. Die Weite der wahrgenommenen Zeit stehe übrigens in einem krassen Missverhältnis zur Enge des Raumes.

Der Kardinal war stolz auf sein Mix-Getränk. Es entfalte im Bewusstsein eine perspektivische Reihe von

Gedächtnistoren, die sich zu einem langen, spirituellen Gang durch die Zeit vereinten. Dadurch sei es sogar noch besser als die Müllersche Margarita, denn es werde kein künstliches Bewusstsein implantiert, sondern die im Nicht-Bewussten des Individuums gespeicherte Tiefenschärfe der Familiengeschichte bewusst gemacht. Und ob das nicht toll sei.

Ach, so einfach sei das?! Mine war beeindruckt. Ob es wahr sei, dass eine ihrer Ahninnen als Hexe verbrannt wurde. Der zuständige Inquisitor habe Ähnlichkeit mit dem Kardinal gehabt. Der Kardinal überging diese Frage und bat die Damen in die Küche, um ihnen das weitere Vorgehen zu erläutern.

Das oberste Gebot laute, Ruhe zu bewahren. Hertas fatale Schwangerschaft müsse diskret ausgetragen werden, ohne dass die Suprazeit etwas davon mitbekomme. Jede Berührung mit dem wahren Leben würde ein böses Temporalecho hervorrufen. Die einzig sichere Methode, den Vorfall zu vertuschen, sei daher eine elegante Zeitschleife. Mit anderen Worten sei das ausgemusterte Bewusstsein der Frau Korschinsky das ideale Auffangbecken für Hertas Kind.

Die beiden Frauen konnten dieser Erklärung nicht folgen. In Anbetracht der jüngsten Ereignisse erschien ihnen das aber als Normalzustand. Deshalb nickten sie dem Kardinal artig zu, und dieser quittierte es ihnen mit einem huldvollen Lächeln, das er einem leutseligen Papst im Mittelalter abgeguckt hatte. Er ging zu den konkreten Verhaltensanweisungen über. Es sei wichtig, den Anschein einer durchschnittlichen Kleinfamilie zu wahren. Das Kind habe in geordneten Verhältnissen aufzuwachsen und dürfe mit der Außenwelt nur in den standardmäßigen Mindestkontakt treten. Gespräche wie „Guten Morgen", „schönen Tag auch", „Herzliches Beileid von uns allen", „Wir waren in Urlaub und haben einen kleinen Schnupfen mitgebracht" seien erlaubt. Keinesfalls aber Bemerkungen wie „Entfernen Sie die Soßenflecken auf ihrer Jacke oder wir verständigen die Polizei", „Kommen Sie morgen auch zur Erstürmung der Bastille?" oder „Wir haben uns gedacht, es sei wieder einmal Zeit für eine neue Religion"! Man werde regelmäßig Wellensittiche vorbeischicken, um nach dem Rechten zu sehen.

Das Kind sei auf den Namen Herta zu taufen und von Golf-Plätzen fernzuhalten, ebenso von Mini-Golf-

Plätzen, Männern, Emotionen, Schulen und anderen politischen Veranstaltungen Für ihre Kooperation werde den Damen freie Kost und Logis inklusive der Benutzung der Zeitbar gewährt.

Extraordinär sei das! Mine nippte an ihrem Cocktail. Da habe man ja wohl das ganz, ganz große Los gezogen. Und was denn so mit dem Sex sei?! Der Kardinal fing an zu stottern. Ja, da gebe es schon Möglichkeiten, also, über die Zeitbar an erstklassige erotische Abenteuer zu kommen. Da seien schon wirklich tolle Dinger, also, Erinnerungen dabei. Ja, und wie es denn mit echten Erlebnissen in dieser Richtung ausschaue. Nein, ausgeschlossen! Pause! Dann wolle sie von der ganzen Temporalkacke nichts mehr hören und sofort zurück in ihre Klinik. Es gebe da einen netten Assistenzarzt, mit dem sie sich gerne näher beschäftigt hätte. Der Kardinal bat um einen Moment Geduld und zog sich in die Bar zurück.

Herta nutzte die Gelegenheit, Mine nach dem Sinn und Zweck der Unterhaltung zu fragen. Ihr scheine, es werde alles immer verzwickter, und sie sei sich nicht sicher, ob sie das alles falsch verstanden habe oder ob es wirklich darum gehe, sie zu ihrer eigenen Mutter zu machen. Na ja, warum denn nicht? Immer noch besser als gar kein Sex! Mine war ganz mit ihrem eigenen Problem beschäftigt. Sie habe gerade festgestellt, dass der erotische Aspekt in ihrer Familie schon immer die wichtigste Rolle gespielt habe.

Dafür biete die Zeitbar Genuss ohne Reue - frei von charakterlichen Enttäuschungen und üblen Geschlechtskrankheiten. Der Kardinal trat an den Tisch und reichte Mine einen neuen Mix aus der Bar. Sie könne es sich überlegen. Mit einem toten Körper seien auch die Freuden der Liebe sehr begrenzt. Selbst wenn ihr netter Assistenzarzt nekrophil veranlagt sei. Das habe doch keine Zukunft. In der Zeitbar hingegen gebe es immer etwas zu entdecken.

Mine nahm den Drink und kippte ihn in einem Zug hinunter. Anschließend war sie für ein normales Gespräch nicht mehr zu gebrauchen. Aber ihre begeisterte Zustimmung war eindeutig. Der Kardinal wünschte den beiden noch viel Spaß mit der Zeit-Bar. Die Gebrauchsanweisung befinde sich unter dem Tresen. Im übrigen sei die Wohnung nur für regelmäßige Spaziergänge zu verlassen. Herta stöhnte. Ob sie jetzt wirklich bis ans Ende ihrer Tage hier leben müsse. Wieso man nicht zum Beispiel an einem hübschen Ort in der Südsee noch mal ganz von vorne beginnen könne. Es müsse ihm mit seinen Möglichkeiten doch gelingen, ihnen eine sorgenfreie Zukunft in einem etwas ansprechenderen Ambiente zu besorgen.

Dem Kardinal kräuselte sich die Oberlippe. Damit würde man das oberste kosmische Prinzip über den Haufen werfen. Der ganze Reiz am Raum/Zeit-Kontinuum bestehe doch nur darin, sich nicht wie im Paradies zu fühlen. Und nicht zu wissen, was die Zukunft bringe! Wenn sie partout so eine nichtssagende Sonntagnachmittagsexistenz führen wolle, könne sie sich ja in eines von diesen avantgardistischen Multitemporal-Universen einmieten. Oder sie müsse die Subzeit eben neu ausrichten. Wenn Sie sich dazu in der Lage fühle, solle es ihm recht sein.

Herta merkte, dass dieser Vorschlag zynisch gemeint war. Wenn das so sei, wolle sie die Angelegenheit gerne einmal an höherer Stelle zur Sprache bringen. Da es hier ja wohl um die letzten Dinge gehe, habe sie darauf einen Anspruch. Kurz, sie bestehe auf einen Privattermin bei Gott!

Unmöglich! Der Kardinal war außer sich. Es sei absolut unverschämt, sich als temporäre Begleiterscheinung so aufzuspielen. Außerdem habe er mehrfach betont, wie ungünstig es sei, diese heikle Angelegenheit an die große Glocke zu hängen. In der Suprazeit habe man Wichtigeres zu tun, als sich mit den Problemen einer zufälligen Anhäufung von Atomen und Molekülen zu beschäftigen. Und wen oder was Herta genau mit Gott meine, sei ihm sowieso schleierhaft. Das habe sie von einem Kardinal nicht erwartet. Ach was, Kardinal. Er rede hier als zuständiger Anomalienwart! Überhaupt sei es unter den aktuellen Bedingungen besser, für die nächste Zeit auf Gebete und derartige Rituale zu verzichten. Jede weitere theologische Debatte verbitte er sich. Punkt!

Wie Friedrich den Anomalienwart Müller für seine Mutti hielt, und wie plötzlich alles gut wurde - na ja, relativ gut

Auch Friedlich war an einem Punkt angelangt, an dem er gar nichts mehr wusste. Überhaupt schien ihm sein ganzes Dasein mit einem Mal fragwürdig. Irgendwie kam ihm die seltsame Idee, er müsse ein Loch in die Erde graben. Schon nach wenigen Metern stieß er wieder auf Amadeus Müller, der aus Zeitgründen diesmal auf den Sarg und jegliche Art von Spezialeffekten verzichtet hatte. Kaum war der Kopf freigelegt, begann der auch schon zu reden. Die ersten Worte schwirrten vor Friedlichs fassungslosem Verstand herum wie Fliegen um eine Cervelatwurst-Stulle. Die Position von Müllers Mund zwischen Nase und Augen irritierte ihn. Auch Müller selbst war damit nicht glücklich. Aber nach seiner Zersplitterung hatte er Mühe gehabt, sich überhaupt wieder zu einem halbwegs nachvollziehbaren Körper zusammenzufügen.

Er entschuldigte sich für sein Aussehen. Zugleich erhob er bittere Vorwürfe gegen Friedlich. Dieser habe das ganze Universum ruiniert. Und sich dann auch noch mitten in der Notzeit fortgepflanzt. Das genüge eigentlich, um ihn für immer und ewig in einen geschlossenen Einzelkosmos zu stecken.

Friedlich fühlte sich unwohl. Er habe keine Ahnung, mit wem oder was er es zu tun habe. Dies sei ihm auch egal, solange er nicht weiter belästigt werde. Er habe Verständnis dafür, dass es unangenehm sei, so in der Erde zu stecken. Und das mit einem solchen Gesicht. Und er sei auch nicht grundsätzlich unempfänglich für Kritik. Im Moment aber schon! Und mit diesen Worten begann er, den Kopf wieder einzubuddeln. Er solle sofort mit dem Unsinn aufhören! Wenn er den mickrigen Rest seines Begriffsvermögens verwende, werde er die Verwerflichkeit seines Handelns einsehen. Er säge nämlich gerade den Ast ab, auf dem er sitze. So bescheuert könne doch selbst der Schwachsinnigste nicht sein.

All diese Beleidigungen wären an Friedlichs zerbröckelndem Bewusstsein abgeprallt, hätte Müller in seiner Ereiferung nicht zufällig das altbekannte Gebiss ausgespuckt. Sofort stieg ein bedeutender Teil aus

Friedlichs altem Bewusstsein an die Oberfläche und reagierte dort auf eine jeder Beschreibung spottende Weise mit den implantierten Erinnerungen.

„Mutti?"

Müller fühlte sich schwer beleidigt, erfasste die Situation aber als Profi und ließ ihn fürs Erste im Glauben, er sei tatsächlich seine Mutter. Jedenfalls solange, bis Kopf und Oberkörper freigelegt waren. Dann packte er ihn, warf ihn um und umklammerte seinen Hals. Obwohl Friedlich mit dem Steiß auf das Gebiss gefallen war, leistete er keinen nennenswerten Widerstand. Müller hatte mit der einen Hand in Friedlichs Nacken und der anderen an seiner Kehle die optimale Gesprächshaltung gefunden und erläuterte nun noch einmal die ganze Situation. Er sei zwar gottseidank nicht seine Mutter, habe aber interessante Neuigkeiten über ebendiese. Sie sei unheimlich wichtig für das Universum gewesen. Kurz gesagt habe es sich bei ihr um die dritte Hauptanomalie gehandelt. Und jetzt sei sie kaputt.

Friedlich mochte nicht glauben, dass seine eigene Mutter eine Anomalie war, und dann auch noch eine

Hauptanomalie! Leider sei die Sache aber sogar noch schlimmer. Das Bewusstsein seiner Mutter habe sich im Laufe der Jahrmilliarden oft selbst repariert und dabei wahllos aus dem Zeitschrottplatz bedient. Es habe in ihr unter anderem Bewusstseinsanteile von Fürst Rudolf, dem Räderer, Caligula, einer Schwippschwägerin von Heinrich Himmler und einigen experimentellen prähistorischen Unterbewusstseinskreationen gegeben. Die Mischung sei so explosiv gewesen, dass die Suprazeit bei deren Absorption ins Friedlich-Fieber verfallen sei. Eine regelrechte Massenhysterie sei ausgebrochen. Ein kollektiver Mutter-Friedlich-Rausch! Am besten, man vernichte dieses wahnsinnige Universum, bevor noch mehr Schaden angerichtet werde. Aber diese Entscheidung liege nicht in seiner Macht - bedauerlicherweise. Wie es denn nun weitergehen solle. Man habe an höherer Stelle leider entschieden, ihn, Friedrich Friedlich, in Vertretung seiner Mutter zur Hauptanomalie auszubilden. Ausgerechnet!

Friedlich entwickelte für diesen Gedanken wenig Begeisterung. Was ihn am meisten schreckte, war die große Verantwortung, der er sich nicht gewachsen fühlte. Als Hauptanomalie fühle er sich überfordert. So etwas sei kein Job für ihn, da gehe er doch lieber stempeln. Das werde sich schon legen. Er sei bewiesenermaßen ein Naturtalent. Unangenehm sei nur, dass er als Hauptanomalie der besonderen Wartung unterliege. Er müsse jetzt die ganze Zeit bewacht und betreut werden, und dabei sei er doch schon als normaler Mensch eine Katastrophe gewesen. Aber es gebe keine Alternative, Befehl sei Befehl. Auch wenn er gegen seine Über-zeugung handle, ernenne er ihn also hiermit offiziell zur Hauptanomalie. Herzlichen Glückwunsch!

Friedlich wusste nicht, was er sagen sollte. Es ge-nüge schon, wenn er sich einfach einverstanden erkläre. Damit sei der Pakt dann besiegelt. Was er als Anomalie denn so zu tun hätte. Er müsse nur er selbst bleiben. Ach so, da müsse er jetzt mal drüber nachdenken. Nach einer halben Stunde wies Müller darauf hin, dass er allmählich gerne eine Antwort von Friedlich hören würde. Friedlich verwies auf das besondere Gewicht der Entscheidung, das eine erhöhte Bedenkzeit erforderlich mache. Müller akzeptierte diesen Einwand, wurde nach einer weiteren Stunde aber erneut drängelig. Die Notzeit sei erschöpft, und seine Geduld auch. Friedlich bat um etwas mehr Luft, um besser nachdenken zu können. Müller gab sich einsichtig, und man machte es sich bequemer. Eine Stunde später schlief Friedlich schließlich ein. Müller ohrfeigte ihn und bestand auf einer sofortigen Antwort. Ansonsten müsse er dies - zu seinem Bedauern, wie er sehr förmlich hinzufügte - als Ablehnung verstehen, denn die Notzeit schließe jetzt in zwei Minuten. Als er dies sagte, überkam ihn plötzlich ein Gefühl von großer Erleichterung. Er fühlte, wie ganz sachte die Verantwortung von seinen Schultern glitt, wie das Universum trotz seiner redlichen Bemühungen an Kraft verlor, das Raum/Zeit-Kontinuum sich aus seiner Kontinuität löste und alles in die sanfte Absolutheit der Suprazeit zerfloß. Sein zahnloser Mund bog sich zu einem breiten Grinsen. Plötzlich sagte Friedlich:

„Gut!"

Die fast schon transzendierten Gedärme des alten Anomalienwartes bäumten sich jäh auf, ein grauenerregendes Gurgeln brach aus seinem Magen hervor, der die Stelle des Halses eingenommen hatte. In seine Arme, die wie zwei riesige Flossen an ihm hafteten, schoss das Leben mit solcher Wucht zurück, dass sie den gemarterten

Friedlich unwillkürlich hochrissen und ins Leere schleuderten.

Wie Herta mit sich selbst niederkam, und welches Geschäft ihr Herr Teufel vorschlug

Das Universum ist mit kaum etwas zu vergleichen. Alle Möglichkeiten zu nutzen, ist unmöglich. Was paradox klingen mag, verglichen mit den betreffenden Möglichkeiten selbst aber erschreckend banal ist. Selbst innerhalb eines Sonnensystems neigen die meisten Daseinsformen dazu, ihren Aktionsradius auf die Größe eines Häuserblocks zu beschränken. Dasselbe gilt auch für die Nutzung der Zeitbar. Mine von Schwälbchen entwickelte rasch eine Vorliebe für erotische Cocktails. Der Casanova-Flip brachte sie richtig auf Touren. In Sodom und Gomorrah nahm sie an allen Fortgeschrittenen-Orgien teil. Und mit Madame Pompadour machte sie Paris unsicher.

Herta wurde inzwischen immer jünger und nachdenklicher, was, wie ihr der Kardinal bei einer Stippvisite erklärte, eine Folge des Notzeit-Paradoxons war. Die Zeitbar nutzte sie für ihre gewohnte Margarita und regelmäßige Besuche der einzigen antiken Badeanstalt, die ihr als schwangerer Ausländerin offen stand. In einer abgelegenen Ecke des Zeitschrottplatzes fand sie einen Ort, an dem es sich einige Amazonen gemütlich gemacht hatten. Dort traf sie eine antike Temporalphilosophin, der es gelang, sie über das Wesen der Zeit zweifeln zu lassen. Zeit sei nämlich ein ästhetisches Phänomen, und wer sie einfach totschlage, werde niemals eine schöne Zeit gehabt haben, vor allem in netter Gesellschaft, während die Zeit in Erwartung einer schönen Zeit unschön zu verbringen rückblickend betrachtet die Schönheit der erwarteten schönen Zeit geradezu verunschöne. Wenigstens fand Herta es schön, über die Zeit einmal einfach so nachzudenken und darüber die Zeit zu vergessen. Denn sehr wohl war ihr nicht bei der Vorstellung, mit einem Temporalparadoxon schwanger zu gehen. Die Zukunft bildete einen hässlichen Fleck auf der makellosen Schönheit ihrer künstlichen Erinnerungen.

Je mehr Zeit Mine mit ihren sexuellen Eskapaden verbrachte, desto mehr wuchs in Herta das Gefühl, verloren, vergessen und völlig fehl am Platz zu sein. Manchmal bekam sie Besuch von einem Lieferanten aus der Subzeit, der sie mit frischen Erinnerungen versorgte. Mit seinem grauen Anzug und traurigen Blick war es gewiss nicht der Mann ihrer Träume, aber er erinnerte sie an den Notzeitmann, den bewusstlosen Vater ihres widersinnigen Kindes. Jedenfalls redete er kein Wort. Und Herta sprach ihn nicht an. Einmal aber, als er wohl versehentlich eine ziemlich absurde Erinnerung an groteske Wellensittiche aus der Subzeit in die Tüte gepackt hatte, entfuhr ihr ein unhörbarer Schrei, auf den der Lieferant gleichwohl reagierte. Es solle nicht wieder vorkommen.

Er schaute ihr zum ersten Mal in die Augen. Herta fragte ihn nach seinem Namen. Teufel. Er sei Johannes Teufel, der Zeitpfleger. Er kümmere sich um Leute, die in Zeit-Schwulitäten geraten seien. Wenn sie einen besonderen Wunsch habe, könne sie es ihm ruhig sagen. Er kümmere sich um alles. Er könne ihr auch Träume besorgen. Schöne Träume. Schöner als künstliche Erinnerungen!

Herta erinnerte sich an die Warnung des Kardinals, sich nicht in Geschäfte mit Subzeitlern einzulassen. Sie sei nie eine große Träumerin gewesen. Finde träumen sogar langweilig. Dann habe sie sicher noch keine richtigen Träume gehabt. Er schicke ihr mal ein paar Proben zur unverbindlichen Ansicht vorbei. Sie sei dadurch zu nichts verpflichtet, und die Lieferung ende nach vierzehn Tagen automatisch. Die Alpträume ihrer Kindheit hatte die neue Herta vergessen. Dennoch beschlich sie ein ungutes Gefühl.

Doch bald bekam sie die ersten Träume. Sie gefielen ihr gut. Sie besuchte herrliche Konzerte, wunderschöne Galerien und wandelte durch märchenhafte Parks. Es war traumhaft. Nach zwei Wochen blieben die Träume aus. Sie vermisste sie. Kurze Zeit später kam Herr Teufel mit einer neuen Lieferung. Er stellte die Sachen auf den Küchentisch. Ob das Probe-Abonnement gut angekommen sei. Und ob sie sich die Sache überlegt habe. Sie hatte noch immer dieses merkwürdige Gefühl, aber ihr Interesse an den Träumen konnte sie nicht verbergen. Sie fragte nach dem Preis. Da werde man sich schon einig. Er werde das Nötige veranlassen und den Vertrag beim nächsten Mal mitbringen. Und schon war er wieder verschwunden, noch bevor Herta etwas Genaueres in Erfahrung bringen konnte.

In den nächsten Tagen begann sie wieder zu träumen, schöner als zuvor. Sie träumte sich in zauberhafte Kulissen, in denen merklich geniale Künstler ein Feuerwerk aus Licht, Musik und Farbe entfachten. Als Mine die alberne Formulierung „merklich genial" hörte, konnte sie ihre Erheiterung nur mühsam als Schluckauf tarnen. Doch Herta erzählte so begeistert von diesen Träumen! Sie erinnerten sie an die schönen Reisen, die Teil ihres Gedächtnis-Implantates waren. Nur war im Traum alles viel prachtvoller, poetischer und echter. Sie schwebte durch hell erleuchtete Städte, sah riesige Kaskaden, die sich in ein kristallenes Becken ergossen. Aus dessen Mitte stieg eine gigantische Fontäne auf. In manchen Träumen tauchte sie in die außergewöhnlichsten, schönsten Gefühle ein. Sie bekam massenweise erste Küsse von göttlichen Traummännern, erlebte tolle Traumreisen und jede Menge Traumhochzeiten. Was die alte Herta im Fernsehen sicher gelangweilt hätte, ließ ihr neues Bewusstsein förmlich aufblühen. Auch wenn Mine durch Hertas Erzählungen keinen direkten Einblick in die Träume gewann, so spürte sie doch, dass ihre Freundin eine freudige Erregung ausstrahlte, als sei sie gerade bei einer Orgie am Zarenhof dabei gewesen.

Eine Woche später kam Teufel mit dem Vertrag. Seine Forderung sei bescheiden. Er interessiere sich für etwas, das Herta im Grunde nur lästig sei. Sie las den Vertrag, in dem ihr zunächst die Lieferung von metaphysisch-positiven Träumen auf Lebenszeit zugesichert wurde. Schließlich kam sie zu dem heiklen Absatz, der unmissverständlich den Preis nannte:

„Als Gegenleistung erklärt sich die Unterzeichnende Herta Schwarz alias von Blaudorf-Simmel, vormals Korschinsky, geborene Schwarz, bereit, alle Urheber- und Nutzungsrechte an dem von ihr gegenwärtig ausgetragenen Kind vollständig auf den oben erwähnten Johannes Teufel, subtemporären Zeitpfleger, zu übertragen.“

Herta war schockiert. Man sei hier doch nicht bei Rumpelstilzchen, das könne ja wohl nur ein übler Scherz sein. Teufel beruhigte sie. Es habe schon alles seine Richtigkeit und sei viel harmloser, als es auf den ersten Blick ausschaue. Das Kind könne ganz normal aufwachsen und werde keinerlei Benachteiligungen zu erdulden haben. In der Subzeit seien Kinder höchst beliebt. Und eines wie ihres schon gar! Sie trete im Grunde doch nur das Unangenehmste am Kinderkriegen ab, die Verantwortung.

Hertas Instinkt warnte sie, sich auf ein solch dubioses Geschäft einzulassen. Es tue ihr wirklich leid. Doch so schnell gab Teufel nicht auf. Er könne ihre Bedenken verstehen und räume ihr daher noch eine Woche Bedenkzeit ein. Währenddessen veranlasse er eine weitere Probelieferung.

Die traf pünktlich am nächsten Tag ein und war noch atemberaubender als alles zuvor. Herta träumte Augenblicke tiefer Besinnung und Erleuchtung. Sie träumte sich mitten in mehrstündige Massagen, exquisite Fünf-Sterne-Menüs mit galanter Begleitung und sündhaft teure Selbsterfahrungseinzelsitzungen. Nach drei Tagen brach die Lieferung ab, und Herta rutschte in ein grausam leeres Loch. Schlimmer noch: Sie konnte gar nicht mehr einschlafen. Sie wälzte sich zwischen den Laken hin und her, trank einschläfernde Tees und las viel Konsalik. Aber sie fand keine Ruhe. Als Teufel wiederkam, war sie stinksauer. So nicht! Sie sei zwar naiv, aber nicht blöde. Sie lasse sich doch nicht zur Traum-Süchtigen machen, die ihr Kind verkaufe. Sie könne es sich ja noch eine Woche überlegen.

Die Zeit sprang vorbei, und Herta grübelte. Und je länger sie grübelte, desto weniger wusste sie, was sie wollen sollte. Sie befragte die Temporalphilosophin. Mit der Zeit komme die Lösung ganz von selbst. Nach hundert Jahren sei alles vorbei. Es sei denn, die ganze Geschichte sei von Anfang an nicht gut gewesen. Aber das sei dann auch gut. Herta wusste nicht, was sie darauf antworten sollte, und Teufel verlängerte sein Ultimatum um eine dritte Woche. Mine war dafür, das Angebot anzunehmen. Ein Kind könne man immer wieder haben. Aber schöne Träume...?! Herta war unendlich müde.

So stand Teufel bald wieder im Raum, ohne dass sie eine Entscheidung getroffen hatte. Es sei nun höchste Zeit. Die Geburt stehe bevor, und wenn es jetzt nicht zu einem Abschluss komme, dann platze der Handel. Herta fühlte sich in die Enge getrieben. Ihr wurde übel. Mine spürte, dass Hertas Widerstand gebrochen war. Sie würde willenlos allem zustimmen. Also übernahm sie die

Verhandlungen für ihre Freundin. Ein paar hübsche Träume seien kein angemessener Preis! Man beanspruche völlige Bewegungsfreiheit in Raum und Zeit. Und dieses graue Nichts wolle man sofort verlassen. Teufel blickte Mine ungläubig an. Das sei aber nicht vorgesehen. Im selben Moment begannen bei Herta die Wehen. Die Zeit dränge. Es liege jetzt bei ihm.

Also gut! Er werde sehen, was sich machen lasse. Mine bestand auf einer schriftlichen Zusicherung. Unterschrieben mit Blut und so! Er setzte sich an den Tisch, ritzte sich die Brust zum Schreiben auf und fügte einen entsprechenden Zusatz in den Vertrag ein. Indessen wurden Hertas Wehen immer heftiger. Sie kamen schubweise und immer schneller. Mine unterschrieb im Auftrag und verwies Teufel des Raumes. Sie halte seine Anwesenheit bei der Geburt für unangemessen. Im Gegenteil! Seine Anwesenheit sei sogar notwendig. Ob sie etwa eine Ahnung von Geburtshilfe habe. Das Argument war überzeugend, denn so intensiv sich Mine mit dem Zeugungsvorgang beschäftigt hatte, so unerfahren war sie tatsächlich auf dem Gebiet des Gebärens.

Gerade als Herta sich ernsthaft ans Gebären machte, kam der Golf-Kardinal herein. Zur Begrüßung schlug
er Teufel seinen Schläger über den Schädel. Ob man
hier etwa verrückt geworden sei. Man habe doch schon
genügend Ärger mit paradoxen Schwangerschaften am
Hals. Ob man sich auch noch ausgerechnet mit dem un-
sittlichsten Universalparasiten einlassen müsse. Teufel
packte den Kardinal und schleuderte ihn gegen die
Wand, wo er kleben blieb. Dann begann er, bitterlich zu
heulen. Äonen von Jahren habe er geduldig alle Demüti-
gungen ertragen. Er habe sich verunglimpfen und beschimpfen lassen, habe die Rolle des Sündenbocks hin-
genommen und sei immer zur Stelle gewesen, wenn es
etwas gab, dessen sich die feine Gesellschaft aus der
Suprazeit entledigen wollte. Doch nun sei der Bogen
überspannt. Er brauche doch auch etwas Zuneigung und
Verständnis, so wie alle!

Wie durch ein Wunder befreite sich der Kardinal von
der Wand. Herta solle sich nicht von solchen Gefühls-
duseleien betören lassen. Das sei typisch Teufel. Er
wolle ihr etwas verhökern, das ihr bereits gehöre. Ihre
eigenen Träume nämlich. Ausgesprochen hübsche übrigens, Kompliment! Herta begriff nicht, weshalb Teufels

Träume ihr bereits gehören sollten. Teufel ergriff ihre Hand und schaute sie mit großen, unschuldsvollen Augen an. Er habe ihr nur zu sich selbst verhelfen wollen. Ohne ihn hätte sie ihre Träume doch niemals entdeckt. Man habe sie die ganze Zeit darum betrogen. Das sei eine gemeine Lüge. Ja, ob es denn nicht wahr sei, dass die schönsten Träume als Steuer für die Universenbenutzung direkt in die Suprazeit abgeführt würden?! Zum Amüsement einiger Auserwählter!

Das sei Kokolores! Die Suprazeit stehe schließlich jedem offen, der über ein entsprechendes Bewusstsein verfüge. Im Prinzip müsse man sich das wie ein gut funktionierendes Rentensystem vorstellen. Alles gehe in diesen großen Pool der Glückseligkeit, in den man dafür am Ende selbst eintauchen dürfe. Die schönsten Träume des Universums habe man dann für sich. Und das sei besser als alle temporalen Abenteuer. Das einzige, was daran stimme, sei der Rentenvergleich! Leere Versprechungen! Nichts als gemeiner Traumdiebstahl! Darauf laufe alles hinaus!

Der Kardinal packte Teufel an den Ohren und schüttelte ihn heftig. Teufel seinerseits spukte ihm solange in die Augen, bis er fast erblindete. Verbissen schlugen beide aufeinander ein. Mine hatte Not, Herta aus der Reichweite der Schläge zu ziehen. Sie unterbreche die Herren nur ungern, aber die Geburt sei inzwischen vollzogen, und sie bitte um ein wenig Unterstützung beim Abnabeln. Augenblicklich waren Teufel und der Kardinal still. Das sei jetzt aber schnell gegangen! Auf der Eckbank lag die frischgeborene, kleine Herta und quäkte einige irritierte Begrüßungslaute in die Welt.

Wie Friedrich doch nicht spazierenging, und weshalb er nicht allein nach Hause durfte

Als Friedlich aus seiner Bewusstlosigkeit erwachte, war es bereits dunkel geworden. Vor seinen Augen tanzte ein Schwarm kleiner Lichter. Sein Kopf lag auf einem Kissen und schmerzte. Um ihn herum standen Leute. Es wurde getuschelt. Eine junge Frau stellte sich als Ärztin vor. Ob es denn wieder gehe. Mühsam richtete er sich auf. Ob man ihn überfallen habe. Friedlich schüttelte vorsichtig den Kopf. Er fasste an seine Stirn. Sie war verbunden. Er habe eine Platzwunde. Zum Glück habe man ihn rechtzeitig entdeckt. Ein alter Mann in einem Jogginganzug reichte ihm seinen Vertreterkoffer und seinen Regenschirm. Diese Dinge gehörten doch sicher ihm. Friedlich bedankte sich. Neben dem Alten stand ein kleines Mädchen und hielt ein Gebiss in der Hand. Friedlich erschrak.

Der Alte lachte in zahnloser Verlegenheit. Es sei sein Gebiss. Es sei ihm wohl herausgefallen. Der Vorfall tue ihm leid. Friedlichs Anzug war ruiniert. Der rechte Sakkoärmel fehlte. Die Ärztin bemerkte Friedlichs Unbehagen. Der Mann habe nun Ruhe nötig, man solle nach Hause gehen und ihn in Ruhe lassen. Es sei offensichtlich kein Verbrechen und auch sonst nichts Schlimmes geschehen. Ein Mann sei über ein paar Zähne gestolpert, nichts weiter.

Sie bot Friedlich an, mit zu ihr zu kommen. Sie wohne im Dorf, nicht weit entfernt, und habe noch etwas Kleidung von ihrem Mann. Der habe Hermann geheißen und brauche sie nicht mehr. Friedlich bedankte sich für das nette Angebot. Aber es sei schon spät am Abend und ihm ein Herzenswunsch, sich unmittelbar nach Hause zu begeben. Sein Gefährt stehe oben an der Straße...

Als ihn alle verwundert anschauten, wurde ihm schwindlig, die Luft zum Weiterreden war irgendwo, wo sie ihm nichts nutzte. Die nette Ärztin stützte ihn. Sie habe natürlich Verständnis für sein Verlangen nach Ruhe. Aber Auto fahren dürfe er in seinem Zustand auf keinen Fall. Sein Schädel habe zu starken Schaden genommen, und sein Gehirn sei unter Umständen erschüttert. Sie schlug ihm vor, ihn mit ihrem Wagen nach Hause zu fahren. Sein Auto könne er dann später holen. Sie kümmere sich schon darum. Morgen müsse er in die Klinik, um sich gründlich untersuchen zu lassen.

Friedlich wusste nicht, wie er ein so freundliches Angebot abschlagen sollte. Er stammelte herum. Es war ihm unangenehm, sein armes Auto allein in der Fremde zurückzulassen. Wenn es doch ein Pferd wäre, da würde es schon von selbst in den Stall zurückfinden. Und wohl noch besser als er selbst. Sie lächelte. Es kam ihm seltsam vor, in so etwas wie ein Gespräch verwickelt zu sein. So vieles ging ihm durch den Sinn, das er hätte sagen wollen. Doch heraus kam immer nur ein Wort: Auto!

Das sei doch kein Problem. Sie werde sein Auto schon finden und zu der Adresse bringen, die er ihr nennen werde.

Etwas brach in sein Leben ein, das spürte er. Er war sich nicht sicher, was er davon halten sollte. Der alte Jogger sprach ihm Mut zu. Er händigte Friedlich seine Versicherungsnummer aus. Friedlich starrte auf sein Gebiss. Er musste an seltsame Dinge denken. Sehr seltsame! Wie gerne hätte er davon erzählt. Aber es war nicht der Moment dazu, und selbst wenn, so hätte er nicht gewusst wie. So bat er nur um die Erlaubnis, kurz austreten zu dürfen. Sie stellten ihn an eine Hauswand. Eine druckvolle Fontäne klatschte so heftig gegen die Mauer, dass ein dahinter befindlicher Herr sein Missfallen kundtat. Es handele sich um einen Notfall. Es sei auch gleich alles vorbei. Tatsächlich dauerte es fast drei Minuten, in denen der ärgerliche Herr noch mehrfach ans Fenster kam. Man verderbe ihm den Appetit und versaue seine Wand.

Endlich war Friedlich fertig und folgte der Ärztin dankbar schweigend zu ihrem Wagen. Der Alte lächelte ihm zum Abschied freundlich zu. Er solle auf sich aufpassen. Das Mondlicht schimmerte auf seinen Zähnen. Während der Fahrt erkundigte sich die Ärztin über den biographischen Hintergrund des gestrauchelten Spaziergängers. Was er so mache, welche Interessen er hege, ob er sich für Musik begeistern könne und ob er verheiratet sei. Er sei, wie er schon vorhin anzudeuten den Versuch unternommen zu haben glaube, ein Vertreter schöner Strümpfe und Damenunterwäsche. Das sei sicher ein Beruf, in dem er viele Frauen kennen lerne. Oberflächlich betrachtet, ja. Was das denn für Unterwäsche sei, die er verkaufe. Vertrete. Wie? Das richtige Wort sei vertrete. Er verkaufe die Sachen zwar, aber der korrekte Fachbegriff laute nun einmal vertrete. Ach ja. Und welche Sachen er denn nun vertrete. Er würde ihr gerne mal seine Kollektion vorführen, auch gerne unverbindlich, was, wie sie in vielen Wörterbüchern nachprüfen könne, ohne Kaufzwang bedeute. Aber die Sachen seien ein bisschen konventionell, braun mit Zwickel und so. Vermutlich nicht ihr Fall. Das sei doch nicht schlimm. So was müsse es ja auch geben. Sie habe ganz vergessen, ihn nach seinem Namen zu fragen. Er heiße Fried-, also Friedlich, -rich. Sie sei sehr erfreut. Friedrich sei ein netter Name. Ob er damit einverstanden sei, dass sie einfach Fritz zu ihm sage. Das klinge noch netter. Sie heiße Herta.

Friedlich sah sie von der Seite an. Es war ihm unheimlich und zugleich leicht zumute. Sie sehe aus wie, er wisse nicht, wie er sagen solle, wie eine strahlende, das heißt, sie habe in ihrem strahlenden Gesicht so ein Strahlen, so ein Leuchten. Ob er das bitte noch einmal sagen könne.

Nachwort

Friedrich Friedlich ist schon sehr, sehr lange unterwegs, zwei Jahrzehnte, um genau zu sein, und vielleicht wäre er nie zwischen zwei Buchdeckeln angekommen. Doch die Zeit nimmt manchmal seltsame Wendungen.

Ob ein Universum ohne Friedrich und Herta besser gewesen wäre, das können wohl nur berufene Wesen aus der Suprazeit beantworten. Ich aber freue mich, wenn ihre Schritte nicht ganz ungehört verhallen und wenn das Echo dieser Schritte das Lachen der Leser ist.

www.derkeck.de

Zeitfracht Medien GmbH
Ferdinand-Jühlke-Straße 7
99095 Erfurt, Deutschland
produktsicherheit@kolibri360.de